BELLINI E O DEMÔNIO

TONY BELLOTTO
BELLINI E O DEMÔNIO

3ª EDIÇÃO

COMPANHIA DAS LETRAS

Copyright © 1997 by Tony Bellotto

Grafia atualizada segundo o Acordo Ortográfico da Língua Portuguesa de 1990, que entrou em vigor no Brasil em 2009.

Projeto gráfico
Alceu Chiesorin Nunes
Bruno Romão

Capa
Claudia Espínola de Carvalho

Foto da capa
Wojciech Zwolinski/ Trevillion Images

Preparação
Magnólia Costa

Revisão
Adriana Bairrada
Viviane T. Mendes

Os personagens e as situações desta obra são reais apenas no universo da ficção; não se referem a pessoas e fatos concretos, e não emitem opinião sobre elas.

Dados Internacionais de Catalogação na Publicação (CIP)
(Câmara Brasileira do Livro, SP, Brasil)

Bellotto, Tony
Bellini e o demônio / Tony Bellotto. — 3ª edição —
São Paulo : Companhia das Letras, 2017.

ISBN 978-85-359-2897-6

1. Ficção policial e de mistério/Literatura brasileira
I. Título.

97-5063   CDD-869.935

Índices para catálogo sistemático:
1. Ficção policial e de mistério : Século 20 : Literatura brasileira 869.935
2. Século 20 : Ficção policial e de mistério : Literatura brasileira 869.935

[2017]
Todos os direitos desta edição reservados à
EDITORA SCHWARCZ S.A.
Rua Bandeira Paulista, 702, cj. 32
04532-002 — São Paulo — SP
Telefone: (11) 3707-3500
www.companhiadasletras.com.br
www.blogdacompanhia.com.br
facebook.com/companhiadasletras
instagram.com/companhiadasletras
twitter.com/cialetras

Para Malu e Dashiell Hammett

Não só gemas e ouro descobres,
Essências de licores nobres
Em treva envolvem-se e em pavor;
Quem anda e à luz do sol pesquisa,
Em meras ninharias pisa.
Mistérios vivem no negror.

Mefistófeles, em *Fausto*, de Goethe

I
O romance secreto

1.

Abri o jornal:

"Adolescente assassinada no banheiro da escola com um tiro na..."

"O que tanto te atrai nos crimes?", perguntou Antônio, interrompendo-me a leitura.

"A atmosfera", respondi, sem desgrudar os olhos da notícia, enquanto ele me servia o sanduíche de salame com queijo provolone.

"... testa. Sílvia Maldini, de dezessete anos..."

"Atmosfera? A morte dessa menina é uma tragédia."

"Se você me deixar ler até o fim, podemos conversar a respeito mais tarde."

"Você se tornou um insensível, Bellini."

"Me traz o chope", eu disse.

"... foi encontrada morta num dos banheiros femininos do colégio Barão do Rio Negro, no bairro de Higienópolis, onde..."

"Ninguém ouviu o disparo da arma", insistiu, afastando-se em direção ao balcão do Luar de Agosto, "a menina foi assassinada enquanto as aulas aconteciam normalmente."

"... cursava o segundo ano colegial. A polícia, sem pistas, trabalha com duas hipóteses: na primeira, a menor teria sido vítima de uma bala perdida, disparada de fora da escola; na segunda, o assassino seria alguém da própria escola, funcionário, aluno ou professor, já que ninguém notou a presença de estranhos..."

"O que você não daria pra pegar esse caso", concluiu Antônio, colocando o copo de chope gelado sobre a mesa, lançando-me um olhar misto de ironia e curiosidade.

"Eu não estava pensando nisso", disse eu, desviando os olhos para uma foto em preto e branco que mostrava Sílvia sorrindo ao lado de outros jovens igualmente sorridentes.

"No que você pensava?"

"A menina estava urinando quando foi assassinada."

"E daí?", perguntou.

Fechei o jornal.

"Uma menina de dezessete anos, sentada numa privada, com a calcinha nos calcanhares e um buraco na testa. É nisso que eu pensava."

Depois do café, paguei a conta e caminhei pela Peixoto Gomide até a avenida Paulista. Peguei um táxi. É provável que a garoa tenha intensificado minha melancolia. Talvez a fotografia de Sílvia Maldini ainda viva, sorrindo. Ou simplesmente o trânsito.

No edifício Itália.

Subi pelo elevador ao décimo quarto andar, onde, à porta de um dos inúmeros escritórios, uma discreta plaqueta anunciava em letras mínimas:

"Agência Lobo de investigações particulares. Sigilo absoluto."

As letrinhas pareciam estar diminuindo com o passar dos anos. Chegaria o dia em que Dora as substituiria por braile.

Entrei sem bater. Rita concentrava-se em palavras cruzadas e respondeu ao meu "tudo bem?" com um grunhido indecifrável. Em seguida, lembrando-se de alguma coisa, abriu rapidamente a gaveta. Retirou dali o mesmo jornal que eu havia lido no Luar de Agosto.

"Já viu?", perguntou, tocando com a unha vermelha de esmalte a manchete que anunciava o assassinato de Sílvia.

Foi a minha vez de responder-lhe com um outro grunhido, igualmente indecifrável.

Passei à sala de Dora Lobo, que me aguardava com uma pergunta no gatilho:

"Como está seu inglês?", disparou.

Ali estava a mulher para quem eu trabalhava. Dora para os íntimos, Lobo para os não íntimos ou para os muito íntimos. Eu gostava dela. A velha senhora era bastante orgulhosa, um pouco rabugenta, razoavelmente previsível, mas dona de uma inesgotável capacidade de se entusiasmar.

Antes que eu respondesse a sua pergunta, e minha resposta não seria nada além de uma gracinha tipo "melhor que meu finlandês", ela sorriu e disse, soprando a fumaça da inevitável cigarrilha norte-americana Tiparillo, mentolada:

"Amanhã às sete você vai ao aeroporto internacional esperar por...", ajeitou os óculos de leitura e conferiu uma folha de papel à sua frente: "Dwight Irwin".

"É um astronauta?"

"Um detetive americano que está nos contratando."

"Pra quê?"

"Pra encontrar um livro", olhou-me como se esperasse algum comentário. Como eu não disse nada, completou: "Não é estranho?".

Contratar um detetive para encontrar um livro não era estranho, era inédito.

"Que livro é esse?"

"Não sei ainda. Ele não quis falar por telefone."

"E desde quando você aceita um caso sem saber do que se trata?"

"Desde que me paguem muito, mas muito bem mesmo. E em dólares."

Antes de sair, perguntei:

"Você leu sobre a menina assassinada no banheiro da escola?"

"Li."

"O que você acha?"

"Nada."

"Quanta loquacidade. Qual é o problema? Os dólares te fizeram perder o interesse por homicídios?"

"Não. Acho que estou perdendo a morbidez com o passar dos anos, só isso."

Ela pressionou a Tiparillo contra o cinzeiro e reparei por trás da fumaça que seus olhos brilhavam como bolinhas de gude.

* * *

No dia seguinte, às seis e meia da manhã.

"When my first woman left me...", cantava John Lee Hooker no walkman, enquanto as portas de vidro do aeroporto de Cumbica abriam-se magicamente à minha frente.

A voz cavernosa de John Lee não combinava com a brisa matinal.

Caminhei até o balcão de informações, onde uma ruivinha sonolenta confirmou que o voo 412 da American Airlines, proveniente de Los Angeles, estava no horário, com aterrissagem prevista para sete horas. Tomei um café expresso no segundo andar e agora quem sussurrava aos meus ouvidos não era mais a voz rouca de John Lee, mas a guitarra insinuante de Elmore James. "The sky is crying", ele cantava, e era verdade: através das janelas notei que aviões taxiavam sob uma chuva fina, quase invisível. Entre eles, se esgueirando como águia metálica e sonolenta, o Boeing que carregava nosso cliente.

Há situações em que qualquer um se sente patético, ainda mais um detetive. Qualquer passageiro desembarcado do voo 412 teria a oportunidade de ver Remo Bellini em pé, à saída da alfândega, segurando uma plaquinha ridícula onde se lia: "Mister Dwight Irwin". Perscrutei, constrangido, todas aquelas caras amassadas e nenhum dos robustos americanos reconheceu seu nome na plaquinha, apesar de todos terem cara de Dwight Irwin.

Será que Dwight Irwin não tem cara de Dwight Irwin?, pensei, mas alguém me cutucava os ombros por trás:

"I am Dwight Irwin", disse o americano franzino, pálido, de traços rudes. Vestia um terno azul-marinho, com gravata de listas finas, vermelhas e azuis. Devia ter uns quarenta e dois anos e o pouco cabelo que lhe restava era preto. Trazia uma pequena sacola pendurada no ombro e segurava com a mão esquerda uma pastinha preta que guardava um computador portátil. Ele não tinha cara de Dwight Irwin.

No táxi, a caminho do hotel, ele não falou mais do que o necessário. Antes não tivesse falado nada:

"Que tipo de detetive é você... senhor...?", perguntou em inglês, já que não falava português.

"Bellini. Remo Bellini. Assistente de Dora Lobo."

"Da próxima vez não seja assim tão... carnavalesco."

"Como você gostaria que eu o esperasse?", perguntei.

"Sem placas, sem nomes, sem espalhafato. Um bom detetive reconhece outro sem necessidade de artifícios."

Dwight Irwin definitivamente não era um modelo de simpatia.

"Thank you", eu disse, pensando *fuck you*.

Sou um sujeito angustiado. Posso enumerar algumas razões: a presença fantasmagórica de meu irmão gêmeo Rômulo, morto dois dias após o parto, transformando-me num eterno dois em um; as desavenças com meu progenitor, o brilhante criminalista e pífio pai Túlio Bellini; a carreira malsucedida de advogado; o casamento desfeito; a tendência incontrolável à melancolia... mas agora o que realmente estava me perturbando era o sexo. Ou melhor, a falta dele. É difícil para um homem adulto resolver essa equação. Não encontrei até hoje alguém com quem pudesse, digamos assim, dividir definitivamente o cobertor. E não me acostumaria a satisfazer meus impulsos com prostitutas. Não todas as vezes, pelo menos. Uma questão de criação católica, talvez. A imagem de minha mãe, Lívia, sempre me inibiu: ela é aquele tipo de mulher que nunca se esquece de agradecer a Deus antes das refeições. Dora Lobo provavelmente me sugeriria algo como "bastar-se a si mesmo", mas sexo nunca foi sua especialidade. O fato é que a imagem da garota morta com a calcinha nos calcanhares não me saía da cabeça. Imagem trágica, é verdade. Mas também perturbadora, porque estranhamente sensual.

Eu estava imerso nesses pensamentos necrófilos quando Dwight Irwin me surpreendeu ao perguntar, logo que o táxi estacionou em frente ao hotel:

"O que significa isso, mister Bellini?"

"Não me chame de mister. O que significa o quê?"

"Este hotel", e apontou pela janela traseira do carro o letreiro do hotel Eldorado.

"Significa que você deve descer, fazer o check-in, acomodar-se no quarto e descansar algumas horas até a reunião com minha chefe", respondi.

"Bellini, eu não estou aqui de férias. Quero encontrar miss Lobo imediatamente."

No telefone da recepção do hotel, enquanto Irwin aguardava impassível dentro do táxi e eu esperava ansioso que o Lobo atendesse à chamada, pressenti uma colossal batalha de egos se anunciando. O mais difícil foi convencer Dora de que seus exercícios matinais de ai ki do teriam de ser cancelados naquela manhã, já que o nosso detetive estava irredutível.

Marcou-se um encontro no escritório para dali a quinze minutos.

Consultei o relógio: 8h52.

E depois ainda dizem que um assistente não tem muito trabalho.

2.

Dora, sentada à sua mesa, acendia a primeira Tiparillo do dia. Irwin ocupava minha poltrona, observando o Lobo de frente. Eu, depois das apresentações, providenciei uma rodada de cafezinhos com Rita e acomodei-me num canto da mesa. O lugar me proporcionava uma boa visão do espetáculo. O problema é que eu não era um espectador, e sim participante ativo do teatro de variedades de Dwight Irwin:

"Você poderia me dar licença, Bellini?", ele perguntou.

Em princípio não entendi, mas quando retirou o minicomputador da pastinha preta, deixou claro que desejava que eu cedesse meu lugar sobre a mesa ao seu assistente eletrônico.

"No problem", respondi, saindo dali e puxando uma cadeira que já não me proporcionava um ângulo de visão tão privilegiado.

Dora e eu somos detetives relativamente bem equipados. Digo, do ponto de vista mental. Mas a informática é algo que ainda não nos seduziu. Costumo datilografar meus relatórios e, em matéria de tecnologia, a secretária eletrônica é o máximo a que nos permitimos chegar. Isso explica nossa curiosidade em relação ao pequeno computador. Irwin, apesar de manter os olhos presos à telinha, não deixou de notar nossa excitação:

"Vocês não usam computadores?", perguntou.

"Depende do caso", mentiu Dora, sem convicção.

Concordei com um movimento de cabeça, igualmente inconvicto.

"Ah...", murmurou, e continuou concentrado, digitando as teclas.

Dora e eu nos entreolhamos com um constrangimento típico de terceiro-mundistas complexados, mas sua presença de espírito não demorou a se manifestar:

"Na maioria dos casos ainda preferimos usar a cabeça."

"Aqui está", anunciou Irwin, ignorando o comentário. Desviou os olhos da telinha, fixando-os nos do Lobo:

"Vamos ao caso?"

"Estamos ansiosos", respondeu ela, bocejando.

Irwin encostou-se ao espaldar da poltrona:

"Tudo começou há um mês, quando fui procurado em meu escritório por um editor de livros de Nova York, Lucas Brown. Brown é um afro-americano bastante ambicioso, mas o que o levou ao meu escritório foi menos a ambição do que a curiosidade. Ele me contratou para checar uma história um tanto fantasiosa. Essa história começa com a morte, há alguns meses, de uma tia sua. Cedella Simpson era uma respeitável senhora de uma comunidade negra nos arredores de Los Angeles, Diablo Hill. Vocês sabem como são esses lugares hoje em dia, muita violência, muita droga..."

"Não se preocupe, em questões de violência e drogas somos uma das grandes potências mundiais", comentou Dora.

"Posso apostar que sim. Cedella Simpson, no entanto, era de uma outra época. Proprietária de uma floricultura, frequentava assiduamente a igreja local. Era uma mulher solteira, sem filhos, muito querida por sua generosidade. Mas ali quase ninguém conhecia seu passado nebuloso: Cedella foi uma prostituta de luxo, de beleza exuberante, nas décadas de 30 e 40. Uma deusa de ébano que frequentou a cama de muitos figurões de Hollywood, Washington e Nova York...

Depois, o tempo trouxe a decadência física e a aposentadoria foi a opção natural."

"Sábio da parte dela. Prostitutas velhas são patéticas", assegurou Dora.

"Como tinha juntado algum dinheiro", continuou Irwin, "Cedella radicou-se confortavelmente em Diablo Hill, realizando um sonho antigo de ter uma floricultura."

"Bastante poético, uma prostituta se aposentar vendendo flores", comentei, mas tive a impressão de que Dora e Dwight não acompanharam meu raciocínio, já que me olharam com espanto e um quê de desaprovação.

"Cedella já sofria havia algum tempo de diabetes e problemas circulatórios. No começo do ano foi internada num hospital por amigos da igreja, que, com o agravamento de seu estado de saúde, chamaram ao leito de morte a única irmã de Cedella, Anna Mae, residente em Nova York. Anna Mae, apesar da idade um tanto avançada, foi até Los Angeles acompanhar a agonia da irmã mais velha. Após uma semana...", Irwin interrompeu-se e consultou a telinha do computador, "uma não, duas. Após duas semanas de agonia, Cedella morreu. Preparou-se o enterro e Anna Mae telefonou ao filho pedindo que este a acompanhasse ao funeral, já que eram os dois únicos membros conhecidos da família de Cedella. Aqui entra em cena Lucas Brown, o editor, filho de Anna Mae. Lucas, um pouco a contragosto, não pôde recusar o convite da mãe e pegou o primeiro voo de Nova York para Los Angeles."

A essa altura, bastante ansioso, eu esperava o momento do relato em que surgiria o livro que deveríamos procurar. Aquela história, porém, não parecia caminhar para um livro. Dora, talvez percebendo minha angústia, disse:

"Bellini, sirva-me de vinho do Porto, por favor. Você bebe alguma coisa, Irwin?"

"Nunca bebo. Um copo d'água será bem-vindo."

Caminhei até a estante, servi o Porto no cálice de Dora e

enchi meu copo de scotch. Incumbi Rita de trazer água ao nosso bom moço.

"Você gosta de música, Irwin?", insistiu Dora.

"Não tenho tempo para música."

"Mas não se importa que eu coloque alguma música no toca-discos, não? Quando um caso me excita, preciso ouvir música."

"Está O.K. para mim", concordou o americano.

"Bellini", disse Dora, "por favor."

Olhei para ela e tive certeza de que o improvável acontecia: alguma coisa em Irwin a cativava. Sua frieza, provavelmente.

Voltei à estante, acionei Paganini, bebi um gole do uísque e fiquei pensando na menina assassinada com a calcinha nos calcanhares. Estaria usando uniforme?

À noite fiquei um bom tempo olhando o teto, deitado na cama antes de dormir. Ouvia blues. Não com o walkman, já que Dora havia sido categórica: "Fique de prontidão ao telefone, no caso de mister Irwin precisar de alguma coisa".

Irwin enfim concordou em descansar algumas horas no hotel, mas isso só aconteceu depois de passarmos o dia todo trabalhando intensamente. Logo depois de nossa reunião pela manhã no escritório, durante o almoço num restaurante francês no largo do Arouche (ideia do Lobo, é evidente), Dwight Irwin havia narrado de que maneira a morte de Cedella Simpson se relacionava com a busca de um livro: Lucas Brown, o editor, atendeu ao chamado da mãe e compareceu às exéquias da tia em Los Angeles. No voo de volta a Nova York, Anna Mae confessou ao filho uma história intrigante que Cedella lhe relatara alguns dias antes de morrer. Que Cedella havia sido uma prostituta em sua juventude não era segredo nem para Anna Mae nem para Lucas. O que eles não sabiam é que, numa manhã em 1939, num apartamento em Nova York, após uma noite da pesada com um escritor bêbado, charmoso e engraçado, Cedella, ao abandonar a cama onde o tal escritor, que era muito magro, ainda roncava, não resistiu a dar uma olhada numa escrivaninha sob a janela. Ali estavam, além da máquina de escrever Remington, uma garrafa de uísque vagabundo e um maço de folhas datilografadas. Cedella contou que o escritor tinha dois criados negros, que obviamente não se encontravam no quarto, mas na cozinha, de onde ouvia seus ruídos. Ela nunca entendeu por que, mas, naquele instante, pegou rapidamente o maço de folhas, enfiou-o na bolsa e foi embora. Se era uma cleptômana, essa foi a única vez que se manifestou sua cleptomania. O fato é que roubou os originais do livro em que o escritor estava trabalhando. E guardou aquilo como um troféu. Mas nunca se preocupou em ler o que estava escrito. Nem mesmo do nome do escritor Cedella se lembraria.

O desfecho da história chegou com a sobremesa, entre profiteroles e licores: anos depois, já em Los Angeles, um dos clientes habituais de Cedella interessou-se pelo manuscrito e deu-se ao trabalho de lê-lo. Esse cliente era um playboy brasileiro, natural do Rio, que costumava passar temporadas em Hollywood. Ele descobriu quem era o autor daquele romance inacabado.

"Who? Who?", perguntou Dora, já um tanto alta depois das taças de Beaujolais e dos cálices de Cointreau ingeridos durante a refeição.

"Bem, a história aqui fica um pouco decepcionante, já que esse escritor é bastante ultrapassado. Seu nome é Dashiell Hammett..."

"Quem?", perguntou Dora.

"Dashiell Hammett", respondeu Irwin, "um esc..."

"Dashiell Hammett? Você não precisa me falar de Dashiell Hammett, mister Irwin! Ele é o maior escritor de policiais de todos os tempos!"

"Não na minha opinião, miss Lobo. Stephen King, Scott Turow e John Grisham são muito melhores, só pra citar alguns. Eu nem sequer conhecia Dashiell Hammett antes de Lucas Brown me apresentar essa... história fantástica."

"E desde quando John Grisham, Scott Turow e Stephen King são escritores de policiais?", perguntou Dora, colérica.

"Opa!", gritei, e todo o restaurante olhou para nossa mesa. Bem, eles já estavam olhando antes. "O que há com vocês dois? Esse não é o momento de discutir literatura policial."

"Você tem razão, Bellini", concordou Dwight Irwin, "a literatura policial nem sequer é a minha preferida. Prefiro ler sobre computadores. Prosseguindo, Cedella confessou a Anna Mae que havia vendido o manuscrito ao brasileiro por um punhado de dólares, e aqui Cedella sai de cena. Anna Mae relatou tudo isso ao seu filho Lucas, que, como eu já disse, é um editor ambicioso e decidiu checar a história. Se for verdade e realmente existir em algum lugar um manuscrito inédito de Dashiell Hammett, Lucas Brown estará imortalizado em sua profissão."

"Ele provavelmente teria problemas com os detentores do espólio de Hammett", disse Dora.

"Quanto aos direitos legais, sim. Mas os méritos da descoberta seriam todos dele, não tenha dúvida", redarguiu Irwin.

"Lucas Brown, pelo jeito, está mais interessado no prestígio que no dinheiro", concluiu Dora.

"Evidentemente", disse ele. "Como todo bom editor, aliás."

"E como se chama o playboy brasileiro?", perguntei.

"Se eu soubesse", afirmou, "não teria contratado vocês."

Passamos a tarde inteira ao telefone, inquirindo playboys famosos, socialites, ricos, novos-ricos, ex-ricos, críticos literários, jornalistas, colunistas, velhos decrépitos e colecionadores de livros. Não conseguimos nada além de respostas evasivas, demonstrações explícitas de esclerose avançada e exclamações incrédulas. O telefone definitivamente não é o melhor meio de obter informações numa investigação. Chegamos à conclusão de que Irwin e eu viajaríamos no dia seguinte ao Rio de Janeiro, atrás de uma única pista: um ex-playboy sem nome, que, se ainda vivo, seria com certeza um octogenário. Dora, como sempre, ficaria no escritório monitorando de longe cada um de nossos passos.

Talvez a palavra playboy tenha me inspirado a ouvir Taj Mahal cantando "You don't miss your water" naquela noite. Mas enquanto ele suplicava "you know, all the time I was a playboy..." no toca-fitas, eu não pensava em Dashiell Hammett, em Cedella Simpson ou num playboy senil olhando o mar de uma cadeira de rodas.

Eu pensava numa garota de dezessete anos, sentada numa privada, com a calcinha nos calcanhares e um buraco na testa.

3.

Pegamos o voo das oito para o Rio.

O avião estava cheio de executivos engravatados e notei que Irwin poderia muito bem passar por um deles. Ele se orgulhava disso:

"O bom detetive é um anônimo, um homem sem rosto, um sujeito que não se pode distinguir."

"Acho que sou muito vaidoso para ser um bom detetive, Irwin."

"Você ainda não é um detetive, Bellini. Você é apenas um dos disfarces de Dora Lobo."

Muito gentil da parte dele. E isso porque estava simpático.

"Eu não gostaria que uma aeromoça me confundisse com um desses yuppies idiotas", eu disse.

"O idiota é você, por pensar assim. Por falar nisso, por que está carregando uma arma?"

Que pergunta era aquela? Então um detetive não deve usar uma arma? E como descobriu que eu estava levando a Beretta 9 milímetros no bolso interno da jaqueta?

"Costumo carregar meus objetos pessoais quando viajo", respondi.

"Isso não foi muito inteligente da sua parte, Bellini."

"Nem muito gentil da sua, Irwin."

"Não me leve a mal, aceite-me como um professor. Há algumas coisas que você precisa saber. Em primeiro lugar, se as autoridades do seu país não fossem tão desleixadas, antes de embarcarmos deveríamos ter passado por um detector de metais. Se isso acontecesse, sua pistola seria descoberta e isso teria atrasado nossa viagem. Mesmo sem o detector, se algum agente de vigilância tivesse olhado para sua jaqueta, ainda que de rabo de olho, notaria que ou você está carregando uma geladeira no bolso ou há algo de muito errado com o lado esquerdo do seu tórax."

"Corta essa, Irwin. Onde você guarda o revólver?"

"Pelo amor de Deus, Bellini, você vive num filme antigo? Eu não uso armas."

"Como você se defende? Recitando poemas?"

"Poemas? Poemas são ainda mais obsoletos que armas", ele deu dois tapinhas na pasta preta que embalava o computador: "Isto é tudo de que preciso. Detetives como você ainda usam pistolas, câmeras fotográficas e gravadores, mas isso está tão ultrapassado... poemas... Como pode você pensar em poemas? Deixe os poemas para os poetas e as pistolas para a polícia. Detetives modernos usam alta tecnologia, mentalização, artes marciais e psicologia, tudo amparado pela informática".

Ele tomou fôlego, olhando-me com olhos de tio Sam:

"Bellini, eu trabalho para grandes seguradoras, escritórios de advocacia, companhias cinematográficas e empresas multinacionais. Aquele detetive vagabundo, o 'dick' que sobrevive de flagrar cônjuges adúlteros, só existe em filmes antigos. Nos filmes modernos..."

A voz da aeromoça interrompeu o sermão de Irwin, que agora enveredava pelo cinema. Ainda bem. Ela avisava que em poucos minutos pousaríamos no aeroporto Santos Dumont, no Rio de Janeiro. O tempo estava bom e a temperatura era de vinte e cinco graus. O avião fez uma curva brusca à direita, enquanto baixava o trem de pouso. Olhei pela janela e vi o Cristo Redentor de braços abertos, sorrindo pra mim.

Ao pisar em solo carioca, senti o cheiro do mar.

Pegamos um táxi para o Copacabana Palace, hotel mítico, ainda hoje frequentado por remanescentes da antiga aristocracia carioca. Lá, optamos por quartos separados, embora o Lobo tivesse tentado economizar algum, ao sugerir, no dia anterior, que dividíssemos um quarto único.

Entrei no apartamento 102, olhei-me no espelho e tive certeza: eu vivia mesmo num filme B esmaecido. E era um ator coadjuvante.

Passei o resto do dia na piscina azul do Copacabana Palace, lendo jornais, ouvindo blues, bebendo daikiris e sorrindo para uma nórdica roliça. Irwin, fechado em seu quarto, instruiu-me a aguardá-lo enquanto se divertia com o computadorzinho.

Ao final da tarde eu já havia descoberto algumas coisas. Por exemplo, o nome da turista nórdica, Gertrud. E também o número do seu apartamento, 702. O próximo passo seria descobrir se o restaurante do hotel, à beira da piscina, oferecia boa comida. Mas isso eu poderia checar logo, já que Gertrud e eu nos encontraríamos lá em uma hora, para jantar.

Tomei banho, relaxei alguns minutos na banheira morna, fiz a barba e me perfumei dando tapinhas carinhosos no rosto. Olhei-me no espelho e constatei que lá estava eu, com a velha cara de sempre.

"Você é mesmo um cafajeste previsível e inofensivo", disse a mim mesmo.

Fui até o quarto de Irwin: ele ainda digitava o assistente eletrônico. Olhei pela janela. A luz do fim de tarde inundava a praia com uma aura cor-de-rosa. Alguns banhistas estavam sentados na areia, olhando para o horizonte como membros de uma seita de adoradores do sol. Reparei que nem mesmo Irwin resistiu; esqueceu o computador e as anotações por alguns segundos e abandonou-se à contemplação. Um resto de humanidade ainda pulsava naquele coração polar. Não por muito tempo:

"Descobriu alguma coisa?", perguntou, fechando a cortina.

"Por enquanto, nada. Mas vi muita gente velha na piscina, além dos turistas de sempre."

"Algum playboy?"

"Não. Ex-playboys, talvez. Ex-ricos com certeza."

"Não é muita coisa."

"Amanhã começo a puxar assunto com os velhinhos."

"Você não conversou com ninguém?", ele insistiu.

"Só com uma moça."

"Imagino que não tenha nenhuma relação direta com o caso."

"Não propriamente", concordei, "e você, o que descobriu?"

"Que amanhã teremos um dia cheio."

"Quanta eficiência", eu disse. "Devemos agradecer ao computador?"

"Não só a ele. Miss Lobo deu-me uma mãozinha na logística."

"Dora? Você ligou pra ela?"

"Ela me ligou."

Não era só ciúme. Era espanto também. Se Dora tinha de ligar para alguém, esse alguém devia ser eu. E além do mais, ela, que era conhecida como Lobo, nunca se caracterizou por ser simpática, afável ou prestativa. Mas era dessa maneira que tratava Irwin! Não quero insinuar nada, mas eu nunca havia visto Dora se entusiasmar assim com homem nenhum. Nem com mulheres, apesar de seu jeitão meio viril. Ela sempre me pareceu um ser desinteressado em sexo. Mas agora, Irwin despertava alguma coisa nas entranhas da velha Loba. Se era sexo ou não, só o tempo poderia responder. Quanto a mim, o tempo só poderia piorar as coisas. Se eu não trepasse logo, alguma coisa explodiria.

Desci ao restaurante. É claro, minha expectativa era a melhor possível. Uma garota escandinava, um restaurante à meia-luz, vinho, brisa marítima...

Cheguei pouco antes do horário combinado e pedi um dry

martíni ao barman. Pensei em Dwight Irwin. O cara era legal. Um pouco científico demais, excessivamente pragmático. Mas eficiente. Não é isso o que se espera de um detetive? Era irônico que estivéssemos à procura de um suposto manuscrito de Dashiell Hammett. Os detetives de Hammett eram o oposto de Irwin. Continental Op, Sam Spade, Ned Beaumont e Nick Charles não pertencem mais a este tempo. Mas a sensação que eu tinha ali, degustando o dry martíni e contemplando a pérgola do hotel, era a de que também o Copacabana Palace e eu não pertencíamos mais a este tempo. Ou então o gim já estava fazendo efeito.

Gertrud resgatou-me dos pensamentos. Ela estava corada, o que se evidenciava pelo contraste entre a pele vermelha e os cabelos louros, quase brancos. Vestia jeans e camiseta, ambos negros. O sorriso que ocupou seu rosto vagamente arredondado era uma promessa.

A comida era boa. Meu risoto de alcachofra estava excelente e o spaghetti com frutos do mar, pela cara de Gertrud, devia estar igualmente delicioso. O vinho também não decepcionou: Dolcetto d'Alba. Duas garrafas. E no entanto a promessa não se confirmou. Até hoje não consigo entender por quê. Tudo bem, Gertrud não era nenhuma Greta Garbo, mas estava ali, sorridente, simpática e... disponível. Sua conversa era razoavelmente interessante, falou de suas aulas de biologia em Oslo, sobre os discos do U2, que adorava, sobre suas viagens a Grécia, Turquia e Marrocos. Contou de seu cachorrinho Bono, um yorkshire gracioso, e de seu ex-namorado, Martïn. Daí veio a sobremesa, o cafezinho, e eu perguntei:

"Do que você está gostando mais no Brasil?"

"Do sexo", ela respondeu.

Aquilo me assustou um pouco. Direto demais. Meu inglês estava consideravelmente ágil depois de dois dias com Irwin, mas naquele momento gaguejei e, talvez pra ganhar tempo, propus um passeio pelas areias brancas da praia de Copacabana.

"Não", ela disse, "vamos pro meu quarto."

Entrei em pânico. Deve ser resquício de machismo, mas não suporto ser conduzido por uma mulher. Não ali, onde me sentia como um conquistador experiente e arrebatador. E no entanto meu coração batia desregulado como o de um adolescente a caminho da primeira experiência.

Segui o corpinho garducho por intermináveis corredores do hotel e nem reparei quando entramos em seu quarto. No meu plano, deveríamos ter ido ao meu quarto. A sensação de fracasso já se anunciava. Excesso de bebida, talvez. O maldito dry martíni. Quantos foram mesmo?

Assim que fechei a porta, com pensamentos etílicos me atormentando, Gertrud foi tirando a roupa, sorrindo com lascívia inesperada numa mulher oriunda de regiões tão frias do planeta. Não se tratava de Ingrid Bergman, mas o corpo era jeitoso, de peitos grandes. Tenho fixação em peitos. Quanto maiores, melhor. Mas ao consultar mentalmente a situação de Lázaro, o ressuscitado (o apelido carinhoso de meu membro reprodutor, que de reprodutor, aliás, não tinha nada), constatei graus de murchidão e desinteresse absolutamente alarmantes. Tentei reverter a situação e contemplei com mais concentração o espetacular par de seios de Gertrud: redondos, viçosos, branquinhos, ornamentados por dois bicos vermelhos como cerejas em conserva. Dois apêndices carnudos em luta constante com a força da gravidade, porém jovens e vigorosos o suficiente para saírem vencedores do embate. O problema foi comigo. Meu apêndice não conseguiu vencer a gravidade.

4.

No dia seguinte fui acordado pelo telefonema de Irwin:

"Encontre-me em vinte minutos no café da manhã."

"Que horas são?", perguntei.

"Hora de trabalhar."

Tomei banho e uma aspirina. Um certo constrangimento flanava por meu espírito. Uma brochada nunca é edificante. Liguei o gravador. Ouvir "I've been drinkin'", de Big Bill Broonzy, era sempre um consolo.

Encontrei Irwin comendo ovos com bacon e todas aquelas porcarias que os americanos comem de manhã. Contentei-me com um sanduíche de presunto e café com leite. Observando o apetite descomunal de meu companheiro, eu disse:

"Você até que come bastante para um sujeito magro."

"O café da manhã é minha principal refeição. Às vezes a única. Nunca se sabe."

"Nunca se sabe", concordei, servindo-me de alguns pães de queijo.

Terminado o desjejum, pegamos um táxi amarelo-limão e percorremos a orla ensolarada. Era dia de semana, mas havia muita gente na praia. Acho que é isso que chamam de um dia útil. Para meu espanto, Irwin, que carregava o inseparável computador, abriu-o e começou a digitar as teclas, concentrado. Será que ele não tinha curiosidade de olhar a praia? "Fica esperto, fecha o vidro", avisei, "senão acabam roubando o teu brinquedo. Estamos no Rio."

Ele deu um sorrisinho irritante, sua marca registrada: "Ninguém me pega desprevenido, Bellini."

Falou isso sem tirar os olhos da tela.

Nossa primeira parada foi a livraria Sapere, na Luiz de Camões, uma ruela calçada com paralelepípedos no centro da cidade. Entramos por uma sala retangular, não muito grande, de pé-direito alto. As paredes eram cobertas por grandes estantes de madeira escura, repletas de livros e encadernações. A Sapere não era uma livraria comum, dessas que vendem livros de Sidney Sheldon e Danielle Steel, mas um reduto de bibliófilos, onde se podiam encontrar livros raros e sofisticados. Todos bastante caros, pelo que pude observar rapidamente. Havia poucos fregueses, três para ser exato, um velho de bengala com o nariz enfiado numa estante e duas senhoras maquiadas que não paravam de falar. Elas tinham sotaque estrangeiro, mas não consegui decifrar de que país. Nórdicas, com certeza, e um tanto exóticas. Islandesas, talvez. Pensei em Gertrud e desconfiei de uma grande conspiração escandinava contra mim.

Caminhamos até uma mesa no fundo da sala, onde um sujeito acabava de desligar o telefone. Edgar Carneiro, dono da Sapere, cinquenta e poucos anos, roliço, de óculos redondos e rabinho de cavalo. Depois das apresentações, disse, num inglês britânico e afetado:

"Como eu já havia afirmado ontem ao telefone, senhor Irwin, essa história me parece bastante absurda."

"Parece a todos. Fui contratado para descobrir se, além de absurda, ela é verdadeira."

"Acho difícil. Como os senhores devem presumir, os colecionadores de livros formam um grupo bastante interativo; qualquer novidade sempre é disseminada com rapidez. Consultei vários colecionadores e colegas livreiros e nenhum deles jamais ouviu falar de um manuscrito inédito de Dashiell Hammett. E observem, eu não me refiro apenas aos colecionadores cariocas. Pode-se dizer que o mundo é uma pequena aldeia quando se trata de colecionadores de livros."

"Como uma confraria", eu disse.

"Em alguns casos, uma religião", concluiu ele.

"Isso é tudo?", perguntou Irwin.

"Infelizmente. Mas eu sugeriria que os senhores ouvissem uma outra opinião. Sabe, como os médicos. Anotem por favor o telefone de Trajano Tendler. Ele é o maior colecionador de livros do Brasil, além de notório empresário do ramo dos frigoríficos."

Enquanto Carneiro consultava sua agenda e Irwin abria seu computador, virei a cabeça para trás e contemplei as grandes estantes da Sapere. As duas islandesas não estavam mais por ali, mas uma magrela com ares de grã-fina acabava de entrar. O velho de bengala continuava com a cara enterrada no meio de uma coleção de volumes grossos e vermelhos. Irwin chamou-me a atenção:

"Bellini, anote também o telefone do senhor Tendler."

Foi quando descobri que esquecera minha agenda no hotel. Um erro imperdoável, eu sei, mas nada que uma noite recheada de álcool e frustração sexual não pudesse explicar. Procurei com os olhos algum papel disponível sobre a mesa de Carneiro e vi um pequeno impresso que servia aos meus propósitos. Nele estava escrito:

Diego Sávio leiloa objetos da coleção Loyola.

Dia 5 de março, 20h, no Antiquário da Estrada, em Teresópolis.

Como o dia 5 de março já pertencia àquela dimensão obscura do tempo a que chamamos passado, perguntei:

"Posso anotar aqui?"

Carneiro franziu a testa e apertou os olhos para ler as letrinhas impressas na papeleta.

"O que essa porcaria está fazendo no meio das minhas coisas? Claro que pode. Assim você tira esse lixo da minha mesa."

Enquanto eu anotava o telefone de Trajano sob o olhar censor de Irwin, Edgar Carneiro explicou-se:

"O Loyola é um colecionador de bugigangas que de vez em quando promove esses leilões ridículos em Teresópolis. Os novos-ricos adoram. Eles podem comprar objetos kitsch e discos assinados por Frank Sinatra."

"Os ricos", disse Irwin, "novos ou não, talvez possam ajudar mais que os colecionadores. Afinal de contas, estamos atrás de um playboy."

"Trajano Tendler, além de colecionador, é uma das maiores fortunas do país. Se o senhor nunca ouviu falar dele, com certeza o seu assistente já", afirmou Carneiro. "Ainda assim", prosseguiu, "se o seu intuito é conhecer playboys, eu sugeriria um encontro com um colunista social."

Irwin dirigiu-nos um olhar triunfante:

"Daqui a algumas horas temos um almoço com Cândida Falcão no Jóquei Clube."

Impressionante. Cândida Falcão, a mais badalada colunista social do país. Isso só podia ser ideia do Lobo, eu tinha certeza.

"Cândida Falcão?", perguntou Carneiro, alisando o rabinho de cavalo. "Vocês não poderiam estar em melhores mãos. Ou garras."

Indiferente ao comentário, Irwin levantou-se, agradeceu e despediu-se. Fiz o mesmo. Edgar Carneiro acompanhou-nos até a porta.

"Apareçam", disse, enquanto nos afastávamos pela ruela onde não passavam carros.

Vinte minutos depois o táxi nos deixava na entrada principal do Country Club, que, ao contrário do que se poderia supor, localiza-se em plena Ipanema, numa rua barulhenta e cheia de ônibus apressados. Não me perguntem o que faríamos ali, já que Irwin era um adepto da surpresa e parecia satisfeito em deixar-me totalmente alheio aos seus planos. No meu entender, Cândida Falcão, Jóquei Clube e Country Club caberiam melhor na agenda do príncipe de Gales do que na de um detetive particular, mas não posso negar que estava me divertindo bastante com aquilo tudo.

No clube, a maioria dos empregados era jovem, e os sócios, àquela hora da manhã, se resumiam a criancinhas em trajes de banho, acompanhadas por babás que evocavam ilustrações da época da escravidão. Andamos por ali. Da piscina fomos até as quadras de tênis. Elas eram de saibro e quase todas estavam desocupadas. Numa delas, um instrutor ministrava aula a uma jovem senhora, cujo uniforme permitia o vislumbre de uma calcinha branca e apetitosa. Confesso que tênis não é meu esporte predileto, mas não consegui tirar os olhos daquilo. Irwin alertou-me para outras questões:

"Esse é Gregory Loomis."

Eu não tinha reparado nele. Ninguém teria. Era um sujeito idoso, com cabelos totalmente grisalhos. Mas tinha o corpo rijo e pele bronzeada. Jogava bem, pelo jeito. Ficamos observando a aula. Além de gringo, ele parecia um pouco viado. Mas Irwin não aprovaria tal definição.

Sentados sob um guarda-sol numa mesinha em volta da piscina, Loomis bebia água de coco, eu uma cerveja e Irwin água mineral.

"Loomis", disse Irwin, passando os olhos pela piscina, "posso entender perfeitamente por que você trocou Washington por isto aqui."

"Não, você não pode. Aquilo é pior do que você imagina. As pessoas têm uma ideia errônea do que é a vida de diplomata. Pensam no glamour e em festas cinematográficas, cheias de mulheres lindas e homens bem-vestidos. Desperdicei os melhores anos de minha vida em cidades melancólicas como

Caracas e Lisboa. Depois que meu pai morreu, senti-me livre para abandonar uma profissão que eu nunca escolhera de fato."

"Há quanto tempo você largou a carreira? Vinte anos?"

"Quase trinta. Fui enviado ao consulado do Rio em 1966. O Brasil, na época, era governado por militares que haviam recém-depostoum governo de tendências socialistas. Eram os tempos da guerra fria e Washington vivia uma paranoia anticomunista. Minha missão era reforçar nosso total apoio ao governo militar e antidemocrático. Alguns anos depois, quando me chamaram de volta, não voltei. Caí de amores pela cidade."

Irwin olhou novamente para os lados, certificando-se dos motivos que levaram seu compatriota a uma atitude tão impatriótica. Quanto a mim, meus olhos já estavam grudados havia muito tempo num belo e úmido motivo: a aluna agora estava de biquíni, tomando sol a alguns metros de nós. Ela estava deitada de costas.

"E desde então o tênis tem sido seu sustento?", perguntou Irwin, com laivos de desprezo e, surpreendentemente, ironia.

"Não só o tênis. Você sabe muito bem que eu forneço informações para agências privadas, como a sua. Você não veio até aqui para falar de tênis, veio?"

Depois disso boiei um pouco na conversa dos dois, já que começaram a falar rápido. Pelo que pude perceber, Irwin insistiu no assunto playboys dos anos 40, mas Loomis não se mostrou muito útil. Algum tempo depois, entretanto, surgiu a confissão. A grande paixão de Loomis não era o tênis, tampouco a Cidade Maravilhosa ou as mulheres cariocas, mas as corridas de cavalos. Desandou a falar sobre derbys e grandes prêmios e deduzi que nosso adorável ex-diplomata, além de ter ajudado a instaurar a ditadura militar no país, era viciado em apostas.

"Mas se você frequenta o Jóquei", disse Irwin, "deve conhecer playboys."

"Eu costumo prestar mais atenção aos cavalos do que às pessoas, mas sei quem poderia ajudar vocês."

"Quem?", perguntei, enquanto a tenista virava-se de frente, oferecendo a barriguinha e as coxas aos carinhos do sol.

"O Ervilha, um velho que costumava lavar cavalos no Jóquei."

"Ervilha?", pronunciou com esforço Irwin.

Loomis riu:

"Ervilha, como 'pea'."

"Mister Pea? É um nome estúpido!", esbravejou Irwin com seu humor exemplar.

"Ele conheceu todos os apostadores e playboys dessa cidade", prosseguiu Loomis. "Todos os cavalos, também."

"É uma grata coincidência que estejamos a caminho do Jóquei Clube", disse Irwin. "É lá que Cândida Falcão nos espera para o almoço. Enquanto eu almoço com Cândida, Bellini poderá interrogar Ervilha."

Que maravilha. Eis-me de volta ao meu devido lugar, pensei.

Mas Loomis veio em meu auxílio:

"Isso não será possível. Ervilha está muito velho e não trabalha mais. Dizem que vive num asilo, ou coisa parecida, em Parada de Lucas."

Munidos dessa informação, despedimo-nos de Greg Loomis. Eu tentei um último olhar em direção à jovem senhora de biquíni, mas ela me ignorou com a altivez e a nobreza das mulheres milionárias. Isso só aumentou minha paixão. Estaria eu me tornando um masoquista?

Voltamos ao táxi e rumamos para o Jóquei.

A Gávea, um bairro de nome náutico, tem escarpas arborizadas que descem de morros de pedra até as margens da lagoa Rodrigo de Freitas. Um lugar que qualquer humano definiria como lindo. Mas Irwin continuava preferindo as paisagens da telinha do computador. Ele só levantou a cabeça quando o táxi estacionou em frente ao hipódromo de arquitetura imponente. Numa praça, do outro lado da rua, alguns mendigos dormiam indiferentes ao barulho dos carros. Eles foram notados por Irwin.

"Como eles conseguem dormir?", perguntou, enquanto eu pagava a corrida ao motorista.

Respondi com outra pergunta:

"Por que você não os convida pra dormir no seu quarto, lá no hotel?"

Ele não achou graça:

"Não dispense o táxi."

"Como assim?"

"Você vai atrás do Ervilha em Parada de Lucas."

"Pensei que almoçaríamos com Cândida Falcão."

"Eu almoço com Cândida Falcão. Você encontra Ervilha", afirmou.

5.

Parada de Lucas não é um bairro nobre da cidade. O táxi abandonou as paisagens turísticas da zona sul e percorreu vários quilômetros pela avenida Brasil, cujo nome, sugestivamente, não podia ser mais adequado: tudo ali era caos, miséria e vida pulsando de modo desordenado. Depois de passarmos por uma favela de nome chique, Parque Jardim Beira-mar, de onde não se avistava jardim ou mar, o chofer dobrou à esquerda, adentrando um bairro popular.

"Aqui é Parada de Lucas", disse.

Pedi a ele que parasse numa esquina, onde algumas pessoas se aglomeravam em torno de um sujeito sentado sobre um caixote de madeira, tentando a sorte no jogo do bicho. Achei que aquele seria um bom lugar para conseguir informações, mas ela, a sorte, não estava comigo: confundiram-me com um tira e minha aproximação só serviu para afastar as pessoas dali. Um paulista, mesmo detetive, sempre se sente meio otário no Rio. Após algumas outras tentativas igualmente inúteis, resolvi mudar de tática. Entrei num boteco nas imediações de uma praça e comecei a beber cerveja com uns tipos desocupados, bastante desconfiados. Pude constatar que o álcool, mesmo em pequenas doses, é de fato um poderoso agente agregador. Banquei várias rodadas e expliquei o motivo de minha visita, dizendo que trabalhava para uma agência publicitária e procurava um asilo de velhos.

"Por quê?", perguntou um dos sujeitos, sem nenhuma sutileza.

"Estamos fazendo uma campanha em defesa dos velhos. É financiada pelo governo federal."

"Ah, então é política", retrucou o dono da birosca.

"Mais ou menos", concordei.

"Estranho, porque não tem eleição este ano, e o pessoal só costuma lembrar da gente em ano de eleição", concluiu.

"Esse é um projeto maior. Coisa de Brasília. Não tem a ver com eleição", expliquei.

"Tudo tem a ver com eleição", resmungou alguém.

"E por que os velhos de Parada de Lucas?", perguntou o pouco sutil.

"Não estou procurando um velho qualquer."

Ervilha, ali, era uma palavra mágica. Informaram-me que ele vivia na casa de Zélia, uma senhora que cuidava de velhos desamparados. Deram-me o endereço, que não era distante de onde estávamos, praça das Antilhas, e paguei mais uma rodada em consideração.

Chamar a casa de Zélia de asilo era exagero. Uma pocilga onde coexistiam velhos, restos de lixo, samambaias e cachorros vira-latas. Numa das paredes de madeira descascada, um pôster do Flamengo. O lugar tinha um cheiro forte, quase repugnante.

Zélia era uma mulher negra, gorda e sorridente. Mantinha ali mais de quinze velhos que, não fosse por ela, não teriam onde cair mortos. E eles não estavam muito longe disso.

Ela me ofereceu um café forte numa xícara de latão e conduziu-me ao quintal, onde alguns anciãos tomavam banho de sol. Era difícil imaginar que aquele era o mesmo sol dos banhistas, na praia.

"Aquele é o Ervilha", disse, e me apontou um velho negro e descarnado. Ele estava sentado numa cadeira de madeira; parecia dormir.

"Ele está dormindo?", perguntei.

"Não, ele fica assim, de olho fechado o dia inteiro."

Acompanhei-a até a cadeira do velho:

"Ervilha!", ela gritou. "Ele quer falar com você."

O velho abriu os olhos como se estivesse voltando do sono eterno.

"Fala alto, porque ele está quase surdo", disse-me Zélia, e nos deixou ali.

Por um momento lembrei-me de Cedella Simpson, a ex-prostituta que vendia flores.

Não arranquei muita coisa do Ervilha: ele estava decrépito. Não ouvia minhas perguntas e, quando ouvia, não as compreendia. Uma vez, apenas, pareceu entender o que eu dizia: ao me ouvir dizer "Califórnia", seus olhos brilharam e suas gengivas esbranquiçadas separaram-se num grande sorriso sem dentes:

"Citilóf! Citilóf! Citilóf!"

Cheguei à conclusão de que "citilóf" não seria muito a apresentar ao Irwin como resultado de uma tarde inteira de investigações. Depois de sair da casa de Zélia, ainda em Parada de Lucas, pedi ao chofer do táxi que estacionasse junto a um orelhão e liguei para Trajano Tendler, o milionário colecionador de livros. Foi difícil fazer com que ele me atendesse, mas a frase "manuscrito raro" provou-se tão eficiente quanto "abre-te, Sésamo" em demover obstáculos intransponíveis. Meia hora depois, ele me recebia em seu escritório espaçoso no décimo sexto andar do edifício Wall Street, na praça Mauá, região central da cidade. Mais do que Tendler (careca, cara de coruja, sessenta e oito anos mais ou menos, bem-vestido e barbeado), causou-me impressão a paisagem deslumbrante que se descortinava da janela: a baía de Guanabara e o cais do porto, ostensivos como um cartão-postal que se materializasse à minha frente.

"Isso é absurdo", disse Tendler, assim que lhe relatei a história toda.

"Absurdo ou impossível?", perguntei.

Ele me encarou com ironia:

"Um detetive preocupado com os significados das palavras? O Brasil está mudando."

"Se ainda tem gente como você, ganhando o dinheiro que ganha, e todos aqueles fodidos lá embaixo pedindo esmola, não mudou o suficiente", afirmei.

"Você é um detetive socialista, Bellini?"

"Não. Como qualquer um, eu morro de inveja da sua fortuna. Você pode me ajudar?"

"Teria muito prazer, mas não vejo como. Se você estivesse à procura de um texto clássico, um manuscrito de Proust, Balzac ou Eça de Queiroz, por exemplo, ou de algum brasileiro nobre, como Machado ou Guimarães Rosa, ou até mesmo de um documento raro do Império ou da Primeira República, aí, quem sabe, eu poderia ser de alguma utilidade. Mas um texto de Dashiell Hammett..." ele franziu o rosto, "... sim, eu sei da importância dele, há controvérsias, aliás, sobre a real autoria da chamada prosa seca americana. Muitos creem que Hammett a criou antes de Hemingway, que sempre foi quem colheu os louros pelo feito. Mas cá entre nós, a prosa americana é tão insossa..."

"Não vim até aqui para discutir literatura, senhor Tendler."

"Não mesmo? É uma pena. Sabe, eu vejo esse interesse crescente pela literatura americana como mais um sinal da estupidificação gradativa do brasileiro médio. No meu tempo dávamos muito mais valor à literatura francesa. Acho que sou um anacrônico, Bellini. Sou um velho esteta perdido nessa América do Sul calorenta e selvagem."

Levando-se em conta o ar-condicionado, os quadros na

parede, os móveis high-tech e a paisagem na janela, era difícil imaginar a que calor e selvageria ele se referia.

"Essa é, claro, uma figura de linguagem", prosseguiu, como que lendo meus pensamentos. "Tudo bem, vá lá, há méritos na prosa de Hammett. Ele escreveu apenas cinco romances, todos eles publicados antes de 1940, e ficou célebre pela violência e concisão de seus textos. Depois disso, até sua morte, em 1961, não publicou mais nada. Você sabe por quê?"

Fiz que não com a cabeça.

"Porque ficou obcecado pela concisão e isso o impediu de escrever. Não conseguia passar da primeira página. Pior, não passava da primeira frase, refazendo-a à exaustão. Tornou-se um fracassado, um perdedor."

"Ah, percebo", eu disse, "você é daqueles que dividem as pessoas entre perdedores e ganhadores."

"Há alguma outra divisão? Desculpe, mas acho que você está atrás de uma miragem. Eu conheço os maiores colecionadores de livros não só do Brasil e da América Latina, como também da Europa e dos Estados Unidos. Não existe nenhum manuscrito inédito de Dashiell Hammett. É uma pena. Seria lindo se existissem o Papai Noel e o coelhinho da Páscoa, mas está na hora de você voltar à realidade. Você é um bom menino."

"Deixemos as minhas qualidades de lado, por favor. E se o manuscrito estiver perdido, mofando em algum sebo da cidade?"

"Isso é igualmente impossível. Livros raros não mofam em sebos. Onde você pensa que colecionadores procuram raridades? Nas livrarias Siciliano? Eu passo todas as minhas manhãs de sábado religiosamente enfurnado em sebos. Viajo até São Paulo, Buenos Aires, Paris ou Nova York só para fuçar um sebo. Impossível um livro inédito de Hammett – que segundo você nem sequer é um livro encadernado, e sim um amontoado de folhas datilografadas – permanecer incógnito anos e anos sem ser descoberto por algum aficionado ou conhecedor."

"Como você pode afirmar isso com tanta certeza? Você

nunca se surpreendeu num sebo, Tendler? Por que é tão fascinado por esse hobby, se ele é tão previsível assim?"

"O.K., O.K. Imagino que, como detetive, você seja obrigado a pensar em todas as hipóteses. Supondo que sua história seja verdadeira, o que garante que o Hammett não tenha reescrito o romance depois que a prostituta o roubou? Lembre-se, há um texto póstumo dele, o *Tulipa*, terminado e publicado por Lillian Hellmann, sua companheira de muitos anos. Quem sabe esse manuscrito misterioso que você procura não seja um primeiro rascunho do *Tulipa*?"

Um telefonema da secretária, alertando Tendler sobre algum compromisso, soou como um gongo finalizando aquele embate. Não diria que eu tivesse sido nocauteado, mas uma derrota por pontos me pareceu correta. Segui o conselho de Trajano Tendler quanto a voltar à realidade, o que não foi difícil: bastou-me sair do prédio e sentir no rosto o bafo úmido e quente da temperatura exterior. Anoitecia e um vento sutil soprava do mar anunciando chuva. Peguei um táxi e voltei ao hotel.

6.

De volta ao Copacabana Palace, assim que paguei a corrida ao motorista, farejei um aroma penetrante de perfume caro. Uma senhora esguia, bastante desejável, esbarrou em meu ombro ao entrar no mesmo táxi que me levara até ali. Ela não olhou para mim, é claro, mas eu sabia quem era ela. Cândida Falcão, a colunista social que almoçara com Irwin.

Então era a isso que ele se referia quando falou em modernas técnicas de detecção? Na minha opinião, seduzir belas senhoras para arrancar-lhes informações confidenciais era mais velho que andar para a frente. E bem mais prazeroso.

Antes de subir ao quarto, e antes mesmo de ligar para o Irwin, parei no bar contíguo à piscina. Pedi um sanduíche de salame com provolone, acompanhado de uísque com gelo e soda. Consegui um jornal de São Paulo e fui direto à folha policial: o caso da menina assassinada no banheiro da escola ainda era um mistério. O encarregado da investigação, delegado Zanquetta, descartara a hipótese de bala perdida. Não havia indícios de que o tiro tivesse sido disparado de fora da escola. "A não ser", declarou Zanquetta, "que essa bala tenha penetrado o banheiro sem perfurar a vidraça da janela." Portanto, o criminoso disparou a arma de dentro do banheiro. Suspeitos não havia. Mas alguém matara Sílvia Maldini pouco antes do término das aulas da manhã, aproveitando sua ida ao banheiro minutos antes de soar o sinal. Os pais e amigos de Sílvia, inconsoláveis, afirmavam que ela era uma garota normal, que gostava de ouvir música, ler, jogar vôlei e frequentar shopping centers. Nada, em seu comportamento, podia supor uma morte tão absurda. Nos depoimentos, apenas uma contradição: enquanto os pais afirmavam que ela não tinha namorado, as amigas garantiam que Sílvia namorava um rapaz que não era aluno da escola. A identidade do suposto namorado não foi revelada por Zanquetta, que...

"Senhor Bellini."

O barman descoordenou-me os pensamentos, ao apontar-me o detestável aparelho:

"Telefone."

"Suba já ao meu quarto", ordenou Irwin.

"Como você descobriu que eu já cheguei?", perguntei, intrigado.

"Eu posso enxergar cada um de seus passos."

Bastante elucidativo. Desliguei o telefone e corri ao seu encontro.

"Sente-se e escute", disse, assim que entrei no quarto. "Não me interrompa até que eu tenha terminado, por favor."

Simpático. Muito simpático.

"Cândida Falcão é fascinante. Só posso agradecer a miss Lobo a oportunidade de conhecer mulheres tão interessantes."

Ah, as grandes mulheres..., pensei, mas não falei, já que Irwin não queria ser interrompido. Seria coincidência o fato de ostentarem sobrenomes tão poderosos quanto Lobo e Falcão?

A voz de Irwin resgatou-me do devaneio zoofílico:

"A função do detetive não difere da do mosaicista. O segredo dessa arte está em saber juntar os ladrilhos, só isso. E após o árduo trabalho de juntá-los, quando vislumbramos o claro desenho que formam... que grande satisfação!"

Oh, Irwin, pensei, que grande gênio você é! Um poeta,

um filósofo da arte da detecção! Agora, por que não para de encher o saco e desembucha de uma vez?

"O almoço com Cândida deu-me a certeza que já se evidenciava na conversa com Carneiro: esse manuscrito inédito de Dashiell Hammett não passa de um delírio. Cândida conhece a fundo todos os antigos playboys desta cidade, incluindo alguns com livros de memórias publicados, e nunca ouviu falar de tal história. Lembre-se, é um meio onde fofocas e mexericos são artigos muito valorizados e ela simplesmente acha impossível que nunca se tenha ouvido nada a respeito de um manuscrito roubado de um escritor famoso. Não se pode culpar Cedella Simpson, entretanto, já que agonizava e não gozava de plenas faculdades mentais. Mas a desconfiança de Lucas Brown, e também a minha, de que tudo não passa de alucinação de uma moribunda, está prestes a confirmar-se. Essa história é ridícula."

Fiquei em silêncio, estupefato. Depois, perguntei:

"O fato de Cândida Falcão ter passado a tarde com você, aqui no hotel, tem alguma coisa a ver com essas conclusões?"

"Como você sabe disso?"

"Eu posso enxergar cada um de seus passos", respondi, mas ele não achou graça.

"Não seja ridículo. Cândida e eu apenas tomamos café e conversamos um pouco sobre outros assuntos. E você, o que descobriu?", perguntou, num ato de magnanimidade, diga-se de passagem bastante oportuno para quem queria mudar de assunto.

Narrei o resultado de minhas investigações e ele se esbaldou:

"Esse Ervilha está louco. City loft?", questionou, numa referência a "citilóf". "Nonsense! Well, o que se pode esperar de um homem que se chama Ervilha?"

Quanto a Trajano Tendler, Irwin entendeu que suas declarações só confirmavam sua própria conclusão de que tudo não passava mesmo de uma grande besteira.

"*Tulipa*, Ervilha, citilóf... isso faz algum sentido para

você?", ele perguntou. Não respondi; eu já estava me acostumando ao fato de minhas descobertas não levarem a nada. Irwin, ao contrário, estava exultante e parecia não aceitar que eu me sentisse frustrado:

"O que há com você, Bellini?"

"Nada."

"Você ficou quieto de repente."

"Às vezes eu fico assim, conciso."

"Cuidado com a concisão, rapaz. Lembre-se do que disse o milionário a respeito de Dashiell Hammett."

"Eu não sou um escritor, Irwin."

"Ainda bem. Ficamos todos mais tranquilos."

Ele estava sendo irônico ou era impressão? Um pouco de álcool talvez me tirasse do estado de espírito nebuloso em que me encontrava:

"Posso pegar uma cerveja?"

"Claro."

Ajoelhei-me ao lado do frigobar e peguei uma lata de cerveja.

"Quer beber alguma coisa?", perguntei, ainda ajoelhado.

"Água."

Aquilo me irritou. Desculpem-me o trocadilho, mas foi a gota d'água:

"O que faz você pensar que é assim tão superior, hein? Por que não bebe alguma coisa, como um ser humano normal, nem que seja pelo simples fato de me fazer companhia?"

"Porque sou alcoólatra."

Houve um breve silêncio. Irwin, com expressão fria, fitou-me com olhos de médico legista:

"Frequento sessões dos Alcoólicos Anônimos há anos e livrar-me do vício me custou muito. Perdi amigos, dinheiro e família."

"Desculpe, não quis ofender."

"Não tire conclusões precipitadas", ele me olhou fundo nos olhos, "eu também já usei uma arma e bebi rios de álcool,

Bellini. Você tem muito a aprender, se quiser tornar-se um detetive."

Concluí que tinha perdido uma boa oportunidade de ficar calado. Larguei a cerveja ali mesmo e fui para o meu quarto.

Tomei um banho de banheira ao som de Memphis Slim.

"Big legged woman" é a música ideal para ouvir na banheira. As notas do órgão elétrico de Slim foram penetrando minhas orelhas até que adormeci. Acordei em seguida, meio assustado. Insinuei um princípio de movimento masturbatório que acabou criando algumas ondinhas na água, mas as ondas bem mais potentes da frustração aniquilaram de vez com minha quase ereção: um cara que tinha brochado com Gertrud não era digno sequer de uma punheta.

Depois do banho, liguei para o apartamento de Gertrud. Ninguém atendeu. A telefonista informou que ela já havia deixado o hotel.

Dormi olhando a TV.

Uma tempestade despertou-me durante a noite. Levantei, fui ao banheiro e urinei. Olhei pela janela e vi coqueiros contorcendo-se aos castigos do vento. Voltei para a cama.

7.

Já passava de meio-dia quando acordei. Estranhei que Irwin não tivesse me acordado antes, revelando de surpresa os afazeres do dia. Liguei para o seu quarto, o 204, e ninguém respondeu. Liguei em seguida para a recepção e fui informado de que a chave do 204 estava no escaninho. Não havia recados para mim.

Tomei banho e desci ao lobby para uma rápida inquirição, que nada revelou. Nem recepcionistas, tampouco porteiros ou manobristas haviam visto Irwin deixar o hotel. Aquilo não me impressionou: Irwin era o tipo de cara que se orgulhava de sair de um hotel sem que porteiros percebessem.

Tomado de um vago sentimento de rejeição, comprei um jornal de São Paulo e fiz meu desjejum à beira da piscina. O chão ainda estava úmido da tempestade que caíra durante a madrugada. O dia estava nublado e fresco.

Havia novidades no caso do assassinato de Sílvia Maldini. O namorado da garota, Odilon Seferis, de dezenove anos, era o assassino. Ou melhor, o suspeito, já que não confessara o crime e ainda não havia provas conclusivas. Mas Zanquetta, o delegado responsável, estava certo da culpa do rapaz e conseguira arrancar de um juiz um mandado de prisão preventiva. Odilon estava engaiolado num xadrez do departamento de homicídios e proteção à pessoa, o DHPP, à espera do resultado do exame residuográfico, que denotaria a presença ou ausência de resíduos de pólvora em suas mãos. Sua ficha não era limpa: duas passagens pela polícia. A primeira, ainda menor de idade, por furto de rádios e gravadores em carros. A segunda, no ano passado, por porte de drogas.

A equipe de Zanquetta, com um mandado de busca a tiracolo, encontrara em sua casa um Taurus 38 e munição, que o exame de balística comprovara ser da mesma marca da que fora usada pelo assassino de Sílvia. Além disso, Odilon fora visto por testemunhas rondando o colégio numa motocicleta na manhã do crime.

A matéria terminava dizendo que o motivo do crime, se existia, permanecia desconhecido.

Coroei meu desjejum com café forte e pães de queijo quentinhos. Deixei uma gorjeta para o garçom e voltei à recepção. Liguei para Dora.

"Notícias do Irwin?", perguntei.

"Que tal um 'bom-dia' pra começar?"

"E que tal ligar pra mim de vez em quando, só pra variar?"

"Você e seus ciúmes. Quando você vai entender, Bellini, que eu te amo como a um filho?"

Opa! Adentrávamos um terreno perigoso, cheio de armadilhas freudianas. Eu não via Dora exatamente como uma mãe. Ou via?

"Sem essa de Jocasta. Eu já transcendi o Édipo."

"Você me ligou pra falar de psicanálise?", perguntou ela.

"Não. Liguei pra saber do Irwin."

"Ele não está com você?"

"Não. Saiu sem avisar. Deve ser mais algum de seus truques."

"Deve ser. Aproveite o dia. Vá à praia."

"Obrigado, mas está nublado."

"Então vá ao cinema."

"Pensei que você me sugeriria alguma investigação paralela."

"Por que não? Que tal pesquisar uns sebos?", ela perguntou.

"Ou convidar Cândida Falcão para um daqueles almoços instrutivos, com direito a sesta no hotel."

"Você sempre dá um jeito de colocar uma mulher no meio."

Ou no meio de uma mulher, pensei, num trocadilho machista e inevitável, que eu nunca ousaria proferir em sua presença.

"Vamos parar com essa psicanálise de botequim", eu disse.

"Vamos, sim. Vá trabalhar."

Aquela não era uma má ideia. Desligamos e segui seu conselho.

Antes de sair do hotel, escrevi um bilhete meio ríspido para o Irwin, dizendo quais eram meus planos para aquela tarde. Pedi que o recepcionista o guardasse no escaninho, junto à chave do 204.

Na calçada, dois turistas italianos conversavam com um travesti. O que indicava tratar-se de um travesti era justamente uma feminilidade paradoxal e exacerbada. Feminilidade que me pareceu bastante inspiradora por um momento. Mas a imagem de uma fêmea com um pênis protuberando entre duas virilhas me dissipou o desejo: eu precisava urgentemente de uma vagina autêntica, cálida e compreensiva.

"Aqui. Fique à vontade", disse Cristina, uma das recepcionistas do setor de arquivos de um grande jornal carioca, mostrando-me o monitor de microfilmes onde eu passaria as próximas horas. O que me guiara até ali fora uma vaga ideia, bastante nebulosa por sinal. Eu não tinha pista nenhuma, mas a figura decrépita de Ervilha gritando "citilóf" perseguira-me pela noite toda. Então resolvi dar uma conferida em alguns grandes prêmios de hipismo, para ver se eles elucidavam alguma coisa. Levando-se em conta que os anos áureos do Rio foram aqueles da década de 50, os últimos em que a cidade resplandeceu como capital da República, transferida em 1960 para a desolada e futurista Brasília, concentrei-me neles.

A incursão pelas páginas de turfe de jornais de 1954 e 1955 não mostrou muito além dos grã-finos, políticos, apostadores, jóqueis e outros tipos inerentes ao espetáculo. Eu já estava a ponto de desistir quando vi, na primeira página do exemplar do dia 6 de agosto de 1956, a foto do cavalo campeão do Grande Prêmio do Brasil daquele ano. "Vitória espetacular de Sweet Love", dizia a manchete. Na foto, via-se Sweet Love em primeiro plano, seguido de longe por Tatan, Adil, Niño Luís e Mangangá. Era um dia nublado, e a pista estava pesada. Numa foto ao lado, o sorridente presidente da república, Juscelino Kubitschek, cercado por belas senhoras de chapéu na tribuna de honra do hipódromo. Ainda na primeira página, outra foto mostrava Sweet Love, um cavalo branco, montado por seu jóquei, um rapaz moreno. Sob a foto, "o jóquei argentino Danilo Mendez e o grande campeão, Sweet Love". Um pouco abaixo, "... o cavalo trazido da Califórnia pelo armador Américo Zapotek...".

Ao ler "Califórnia" a figura de Ervilha gritando "citilóf" veio-me à cabeça, mas eu ainda demoraria alguns minutos para fazer a conexão. Depois, congratulei-me pela solução do enigma e lembrei-me da conversa de Irwin sobre a semelhança dos trabalhos do detetive e do mosaicista. Achei "mosaicista" uma palavra estranha e afetada. Só mesmo Irwin para comparar detetives a mosaicistas. Quanto ao enigma: como um velho decrépito e banguela que nunca teve maiores conhecimentos da língua inglesa pronunciaria Sweet Love? Suitilóv me pareceu uma resposta bastante satisfatória. Sweet Love, suitilóv, citilóf.

Continuei a pesquisa sobre Sweet Love, que brilharia também nas temporadas de 1957 e 1958, batendo recordes e vencendo prêmios pelo Brasil e América Latina (Montevidéu, Buenos Aires e Santiago, para ser exato), sempre montado por Danilo Mendez, um argentino radicado no Brasil. Nos jornais de 1959 e 1960 não encontrei mais referências a Sweet Love, mas Danilo Mendez continuou montando alguns outros cavalos, sem a mesma sorte. As referências a Danilo desapareceram a partir de 1962, reaparecendo no obituário de 16 de março de 1968. Uma pequena coluna na seção de esportes do mesmo dia fazia referências vagas à decadência profissional e dependência alcoólica como causas prováveis do suicídio. Danilo matou-se ingerindo formicida com guaraná.

Com a morte de Danilo, desviei minhas atenções para o dono do cavalo, Américo Zapotek. Havia farto material sobre ele nos jornais da época. Comprara Sweet Love na Califórnia, para onde sempre viajava a negócios. Zapotek era filho de imigrantes tchecos estabelecidos no Rio por volta de 1912. Filho único, ainda menino começou a trabalhar como ajudante na gráfica do pai. Com raro talento para os negócios, aos vinte anos já possuía empresas de transportes de carga e importação de material para construção de navios. Em 1955, com trinta e seis anos de idade, Américo inaugurava no Rio os Estaleiros Zapotek. A ascensão vertiginosa e o rápido enriquecimento transformaram Américo numa figura conhecida, mas ele se recusava a se deixar fotografar ou a dar entrevistas, ajudando assim a criar uma aura de mistério em torno de si. De sua vida particular sabia-se pouco; que era casado desde muito jovem com uma namorada de adolescência, que não tinha filhos, que gostava de cavalos e não frequentava os eventos sociais, apesar de insistentemente convidado aos palácios e aos "salões", como eram chamadas na época as festas mais sofisticadas. Os negócios correram bem até o final da década de 60 e atravessaram os primeiros anos do governo militar sem problemas, até que, em 1972, os Estaleiros Zapotek entraram em crise financeira, terminando numa escandalosa falência em 1975. Coincidentemente, no mesmo ano, em 15 de dezembro, Américo Zapotek morreria num acidente aéreo, quando o helicóptero em que viajava bateu numa das montanhas da serra dos Órgãos, no estado do Rio. A primeira página do jornal nesse dia dava grande destaque à vitória do Internacional sobre o Cruzeiro. "Gol de Figueiroa dá título ao Inter", destacava a manchete. O desastre que matou Zapotek estava numa pequena nota ao pé da página: "Helicóptero explode no ar e mata milionário".

"Desculpe, mas você vai ter que voltar amanhã."

A voz de Cristina me chamou de volta ao presente. Olhei para ela; minha expressão devia ser a mais estúpida possível, pois ela repetiu:

"Você vai ter que voltar amanhã, estamos fechando."

Olhei para o relógio, eram cinco e meia.

"Não será preciso, obrigado", eu disse. "Já terminei."

Ela sorriu e imaginei que sem os óculos ficaria mais bonita.

Voltei ao hotel.

A chave de Irwin e meu bilhete permaneciam intocados no escaninho do 204. Pedi de volta o bilhete, amassei-o e joguei-o fora. Aquilo estava começando a me preocupar. Fui para o quarto e liguei para o Lobo. Narrei minhas descobertas e ela se entusiasmou. Sugeriu que eu tentasse localizar a viúva de Zapotek e eu disse que era o que faria assim que desligasse o telefone.

"E o Irwin?", perguntei.

"Nada. Mas já liguei para um amigo policial carioca, Nelmo Dias, e ele vai dar uma olhada por aí. Por enquanto ainda não há motivos para preocupação. O homem é meio esquisito mesmo."

"Disso você não tenha a menor dúvida", concordei.

Despedimo-nos, desligamos.

Pedi um omelete com queijo e presunto acompanhado de batatas fritas e abri uma cerveja. Consultei a lista telefônica e só havia um Zapotek, na verdade uma, Isabella. Isso facilitava as coisas. Liguei, mas ninguém atendeu.

Um garçom chegou com o omelete, que estava ótimo, embora as batatas estivessem muito engorduradas. Abri outra cerveja e tentei novamente o número de Isabella Zapotek. Chamou, chamou, e nada.

Consultei o relógio: 19h37.

Arranquei do catálogo a página que continha o telefone e endereço de Isabella, desci e peguei um táxi.

8.

O céu ainda guardava vestígios de uma luz cinza-esverdeada quando cheguei à rua Oldegard Sapucaia, no bairro do Méier.

O pequeno prédio revestido de ladrilhos não parecia uma morada à altura da viúva de um armador, mas viúva ou não, Isabella era a única Zapotek da lista telefônica. Subi pelas escadas (não havia elevador) até o terceiro andar. Bati à porta do apartamento 301 e uma voz respondeu do outro lado da porta.

"Pois não?"

Era a voz de uma velha.

"Eu gostaria de falar com Isabella Zapotek, por favor."

"Quem deseja?"

"Meu nome é Remo Bellini. Eu tentei telefonar, mas ninguém atendeu."

"O telefone está cortado faz algum tempo. O que você quer?"

"Conversar sobre Américo Zapotek."

Senti hesitação no silêncio de minha interlocutora.

"O senhor é um cobrador?", perguntou depois de alguns segundos.

"Não. Sou um grande admirador de Américo Zapotek, só isso."

"Somos dois", disse ela, abrindo a porta e estendendo-me a mão. "Entre, por favor."

O tempo cravara suas marcas em Isabella Zapotek. Ainda assim, por trás das rugas percebia-se alguma beleza naquela mulher. O apartamento era pequeno, de móveis baratos. Uma televisão permanecia ligada, sem som. O lugar recendia a velhice. Isabella vestia um roupão velho e esgarçado; seus cabelos ralos e brancos deixavam à mostra grande parte do couro cabeludo. Ao entrar, pisei em alguns envelopes de correspondência. Abaixei-me para pegá-los e entreguei-os à Isabella. Eram impressos de propaganda, a maioria deles anunciando entrega de comida em domicílio, e um envelope do banco Bradesco. Ela não prestou nenhuma atenção aos impressos, jogando-os sobre a mesa, mas guardou a carta do banco no bolso do roupão. Sentamo-nos num sofazinho velho.

"Desde que o Américo morreu, minha vida tem sido muito dura. Eu já tive de tudo, como você sabe. Fui uma rainha. Américo teria construído uma réplica do Taj Mahal se eu pedisse. Mas acabou, puf, como acordar de um sonho lindo. Você sonha muito?"

"Normal. Igual a todo mundo."

"Ninguém sonha igual, Bellini. É esse o seu nome, não?"

"Esse mesmo."

"Eu adorava o Bellini jogador. Era um homem lindíssimo. Você quer um café?"

"Aceito."

Ela se levantou do sofá com alguma dificuldade e caminhou lentamente até a cozinha. Olhei em volta. Uma pequena mesa no centro da sala, com cinzeiro e alguns cavalinhos azuis de louça. Uma estante com poucos livros e estatuetas orientais. Numa das prateleiras havia um porta-retratos. Levantei-me para observá-lo melhor. Uma peça lavrada de prata emoldurava uma foto em preto e branco. A noiva, bela e sorridente, ao lado do noivo, elegante e sisudo, de basta cabeleira loura e bigodinho. O tempo realmente havia consumido Isabella Zapotek. Lembrei-me da foto de casamento de meus pais. Os noivos são todos iguais.

"O que você está fazendo?", perguntou Isabella, pegando-me de surpresa.

"Olhando a foto."

Ela estava ao meu lado, oferecendo-me uma xícara de café. Reparei que sua mão tremia um pouco.

"Sabia que esse é um dos únicos retratos do Américo? Ele detestava ser fotografado. Veja como está bravo. Não queria tirar retrato nem no dia do casamento! Eu disse 'De jeito nenhum. Vai tirar, sim! Onde já se viu retrato de noiva sozinha?'"

Estávamos bem próximos e percebi álcool em seu hálito. Voltamos ao sofá. O café estava frio e intragável. Repousei a xícara sobre a mesinha.

"O que você quer saber sobre o Américo?", ela perguntou.

"Estou fazendo uma pesquisa sobre cavalos. Eu queria saber um pouco mais a respeito do Sweet Love. A senhora lembra dele, não?"

"Claro. Que paixão era aquele cavalo! Eu gostava mais do Sweetie do que o Américo. O Américo não gostava muito de animais, mas era um colecionador compulsivo. Era chique ter cavalos, então ele comprava. Mas ele gostava mesmo era dos objetos. Tinha coleção de tudo que você pode imaginar, quadros, móveis, carros, livros, estátuas, barcos... até mulheres. Ah, ah, dizem que ele gostava de colecionar mulheres também, mas essa coleção eu não podia ver, né? O Américo era um enganador, isso sim. As pessoas pensavam que ele era um santo, mas ele gostava mesmo era de farra. Farra quer dizer mulher, viu? Bebida também, mas pouco. Ele vivia viajando. Sabe-se lá o que fazia nas viagens. Quer dizer, eu sabia. Ah, como eu sabia. Bellini, você pode me fazer um favor? A velhinha está tão cansada! Pega aquela garrafinha pra mim, tá bom?"

Ela apontou para uma garrafa de martíni numa das prateleiras da estante. Ao lado da garrafa havia alguns copinhos de vidro azulado.

"Se quiser pega um copo pra você também", disse.

Levei a garrafa e um dos copos até a mesinha e a servi. Ela sorveu num gole só. Estendeu-me o copo vazio e a servi novamente. Dessa vez ela deu um gole pequeno e descansou o copo ao lado dos cavalinhos azuis.

"Esses cavalinhos e aquelas estatuetas são tudo que sobrou das coleções do Américo."

"Ele também colecionava livros?"

"Ele colecionava tudo!"

"Gostaria de dar uma olhada nos livros", eu disse. "Sobrou alguma coisa?"

"Você não disse que gostava de cavalos? Por que quer ver livros?"

"Eu gosto de muitas coisas", afirmei.

"Ah, eu também. Viajar, fazer compras, beber champanhe..."

Serviu-se de mais um pouco do martíni.

"Bellini rima com martíni, né?", perguntou ela, dando sinais inequívocos de embriaguez.

"Não sobrou nenhum livro da coleção dele?", insisti.

"Não sobrou nada de nada. Nem um tostão. Olha pra mim. Tenho cara de viúva rica?"

"As coleções foram vendidas?"

"Me surrupiaram tudo depois que o Américo morreu. Já não era muita coisa, na época. Alguns anos antes de morrer, o Américo foi entrando num processo de depressão muito forte. Acho que ele estava ficando louco. Começou a se desinteressar dos negócios, que sempre foram como uma obsessão para ele. Se desinteressou das coleções também. De mim ele já estava desinteressado havia muito tempo. A empresa faliu, mas ele não ligou. Começou a beber. Sumia de casa por uns tempos. Foi vendendo tudo, perdendo dinheiro com aqueles advogados ladrões que viviam puxando o saco dele quando era rico. Depois sumiram todos. Mas o Américo não ligava mais pra nada. Não falava com ninguém. Quando morreu, não me surpreendi. Parece que já estava esperando por isso."

O olhar de Isabella permaneceu perdido por alguns instantes. Depois se refez, bebendo mais um pouco do martíni.

"Então, Bellini, você quer saber dos cavalos", prosseguiu.

"Martíni ou Bellini? Posso te chamar de Martíni?"

"Me chame como quiser. Deixe os cavalos pra lá. Fale do Américo."

"O Américo morreu. Só sobrou aquele retrato ali", ela apontou o queixo em direção ao porta-retratos na estante. "Mas quando morreu já não era mais o Américo que eu conheci e com quem me casei."

"Ele estava sozinho no helicóptero?"

"Não. Estava com o Marques, o piloto. O Marques foi dos poucos que permaneceram fiéis ao Américo depois que perdeu a fortuna. Talvez o único. Foi um acidente horrível, Bellini. Nunca entendi por que saíram com aquele tempo. Os corpos foram dilacerados. Eles acharam uns pedaços de pernas e braços misturados com hélices e ferragens. Encontraram ossos quebrados no meio do mato, aqui e ali. Nunca se soube ao certo o que era do Marques e o que era do Américo. Bem que ele dizia que no nascimento e na morte todo mundo era igual. Ricos e pobres."

"Devem ter feito testes científicos."

"Fizeram nada. Dividiram os restos mortais entre as duas viúvas, e assim foram enterrados no São João Batista. Foi um enterro só, para os dois, sem nenhuma pompa. Àquela altura o Américo não era mais rico, Bellini. Ninguém estava mais preocupado com ele. Acho que nem mesmo eu, pra dizer a verdade. Naqueles dias eu só me preocupava com a fortuna que havíamos perdido e como eu faria para sobreviver. Depois, acabei aceitando meu destino. A gente se acostuma a tudo, não?"

"Se a senhora me permite uma indiscrição, como tem sobrevivido desde então?"

"Me sobrou uma pensão. Um dos advogados do Américo me ligou uns dois meses depois do acidente, dizendo que eu tinha direito a uma pensão que seria depositada mensalmente em minha conta bancária. Não é muito dinheiro, como você pode perceber. Mas dando pro meu martinizinho... de telefone eu não preciso mesmo. Ninguém me liga."

"Como é o nome do advogado?"

"Ah, Martíni, você está exigindo muito da memória da velhinha. Da memória e do coração!"

Aliviei a pressão e continuamos a conversa num tom mais ameno, que acabou — com a ajuda do martíni — por nocautear Isabella. Enquanto ela roncava, dei uma geral na casa. Confesso que abri algumas gavetas e armários. Não é o tipo da coisa da qual me orgulhe, mas faz parte do negócio. Posso garantir que não havia ali nenhum manuscrito inédito de Dashiell Hammett.

Voltei ao hotel e não havia ainda notícias de Irwin.

Liguei para Dora, que estava começando a ficar preocupada.

"O Nelmo não encontrou nada nos hospitais nem nos necrotérios. Mas, se o Irwin não aparecer até amanhã, sugeriu que façamos uma queixa formal."

"O que pode ter acontecido com ele?", perguntei. "Nenhum ladrão poderia confundi-lo com um turista, ele tem cara de tudo, menos de turista. Nem parece americano."

"Não sei, não. Andar pela rua com um computador, no Brasil? Isso é coisa de otário", afirmou ela. "Vamos esperar até amanhã."

Adormeci ao som de Blind Willie MacTell, não sem antes checar a situação de Lázaro, o meu pau. Ele estava numa semiereção relativamente consistente, mas apesar do intenso estímulo mental (do qual participaram minha ex-mulher, algumas estrelas da televisão, Gertrud e Cristina, a recepcionista do jornal, sem óculos e sem roupa), não conseguiu conduzir-me ao acme sexual.

Definitivamente, as coisas não andavam muito bem entre mim e o Lázaro.

9.

No dia seguinte o trabalho começou cedo. Às sete horas, depois de passar pela recepção e constatar que Irwin continuava ausente, fui direto ao Country Club. Greg Loomis, com o rosto inchado de sono, tentava manter-se desperto demonstrando como segurar uma raquete a uma senhora gorda e desengonçada. Teria valido a pena trocar a vida mansa de diplomata por aquilo? Salvei-o do suplício, por alguns minutos, ao lhe perguntar se Irwin o havia contatado nas últimas vinte e quatro horas. A resposta foi negativa. De lá liguei ao escritório de Trajano Tendler, mas ele ainda não tinha chegado.

"Só depois das onze", informou-me a secretária.

Agradeci e fiquei de ligar mais tarde.

Peguei um táxi até a praça Tiradentes, desci em frente ao teatro João Caetano. Caminhei até a Luiz de Camões e soube por uma tabuleta que a livraria Sapere abria suas portas às dez horas da manhã. Meu relógio marcava oito e trinta, e meus planos estabeleciam um outro compromisso às dez. Liguei de um orelhão a cobrar para a casa de Dora. Para minha surpresa, ela não só estava acordada, como já havia telefonado e acordado também Cândida Falcão.

"Depois do almoço de ontem Irwin não a procurou mais", afirmou Dora.

"O que eles fizeram durante a tarde, além de digerirem juntos o almoço?"

"Não seja malicioso. Eles conversaram, mais nada. Você acha que um homem e uma mulher sempre têm de ir para a cama?"

"Não. Só quando a mulher é linda, num quarto maravilhoso de um hotel à beira-mar, depois de uma refeição deslumbrante num restaurante espetacular. Mas deixa pra lá."

Uma débil esperança, ou a falta de saco para enfrentar a burocracia da polícia, fez com que adiássemos a formalização da queixa até o começo da tarde. Antes de desligar, incumbi-a de ligar às dez para Edgar Carneiro.

Entrei numa padaria, pedi café com leite e pão com manteiga na chapa. Depois, peguei um táxi para o Méier.

Cheguei à agência do Bradesco, na rua Dias da Cruz, quinze minutos antes da abertura de suas portas. Uma curiosidade me levara até ali e ela nada tinha a ver com o sumiço de Irwin. Na noite anterior, ao entrar no apartamento de Isabella Zapotek, eu notara, sob a porta, com outros impressos de propaganda, o envelope do Bradesco, provavelmente um informativo da conta de Isabella. Por hábito, registrei mentalmente o endereço da agência bancária, que ficava bem próxima ao apartamento.

Esperei até que se abrissem as grandes portas de vidro e caminhei pelo amplo salão, chegando a uma mesinha onde uma trintona de cabelos cacheados e falsamente louros sorria para mim com frescor matinal. Ela tinha duas enormes argolas penduradas nas orelhas, era sutilmente roliça e explicitamente sensual.

"Bom dia", disse.

"Bom dia. Gostaria de falar com o gerente", disse eu.

"Já está falando. Míriam Lemos à sua disposição."

Um frêmito de excitação sexual percorreu-me a espinha. Eu esperava por um gerente homem, não sei por quê. De certa maneira, eu me preparara mentalmente para encontrar um sujeito de mais ou menos quarenta anos, com bigode e barriguinha proeminente. Não é preciso dizer que a visão daquela exuberância loura me deixou completamente sem reação por alguns segundos. Mas no meu ramo, como no boxe ou no xadrez, é preciso assimilar os golpes de surpresa e formular o mais rápido possível novas estratégias de ataque. Se o gerente do banco fosse homem, como eu esperava, seria fácil acuá-lo dizendo que eu era da polícia ou algo do gênero. Sua reação provavelmente seria colaborar comigo, rezando para que eu fosse embora dali o quanto antes, sem criar problemas. Com mulheres, como demonstra a experiência, tal estratégia poderia revelar-se desastrosa. Mulheres não se deixam acuar com facilidade, e, ao contrário dos homens, não têm medo da polícia. Pelo contrário, muitas delas adoram enfrentar a polícia ou qualquer outra autoridade masculina. Míriam pareceu-me ser exatamente esse tipo de mulher; foi isso, além de seus peitos fartíssimos, é evidente, o que me atraiu nela.

Apresentei-me como um advogado defensor de velhinhas desamparadas e a estratégia, perdoem-me a imodéstia, foi digna de um Karpov, ou de um Sugar Ray Leonard, se preferirem.

"Eu não quero ocupar o seu tempo, Míriam. Tudo que preciso saber é quem paga a pensão mensal de dona Isabella Zapotek."

"Ela é uma gracinha, não?"

Gracinha é você, eu gostaria de ter respondido, mas não ficaria bem.

"Sim, é uma gracinha. Mas é triste que esteja nessa situação, sendo que já foi uma das mulheres mais ricas do país", afirmei eu, com a empáfia dos advogados.

"E bebendo daquele jeito", acrescentou Míriam, com uma compaixão que só fez incandescer minha libido. "Mas infelizmente eu não posso revelar informações sobre a conta de um cliente", prosseguiu. "Só com ordem judicial."

"Você vai ser conivente com essa burocracia estúpida que só faz martirizar a vida das pessoas, Míriam?"

Fiz uma pausa, olhando-a profundamente nos olhos. Prossegui, consciente do constrangimento que lhe causava:

"Isabella é uma vítima. Vítima de uma sociedade que descarta os velhos como se fossem roupa velha. Sabe roupa velha? Trapo?"

Arrisquei mais uma pausa, como se estivesse no alto de um palanque batalhando por uma vaga na Câmara de Vereadores. Depois de alguns segundos, dei a estocada final:

"Um dia você e eu seremos velhos, Míriam, pense nisso. Eu antes, é claro. Bem antes."

Ela me olhou com olhos arregalados. Depois sorriu e disse:

"Nem tão antes assim, né? Aguarde um momentinho enquanto vejo isso pro senhor. Quer um cafezinho, uma água, alguma coisa?", perguntou, levantando-se.

Nada não, só você, só você nua e enlouquecida, gemendo de prazer selvagem, eu responderia, mas seria inoportuno.

"Nada, obrigado", foi o que respondi, para em seguida permitir-me um galanteio comportado, porém insinuante: "E não precisa me chamar de senhor."

Míriam voltou depois de quinze minutos, sorridente e calorosa, transbordante de fantasias irrealizáveis. O jeito que ela andava era, em si, a utopia de um coito.

"Infelizmente, acho que não vou poder ajudar muito", disse ela, sentando-se. "Chequei os microfilmes, os depósitos são feitos religiosamente no dia 5 de cada mês, numa agência do Bradesco em Teresópolis. O depositante se identifica apenas como José S. A quantia é sempre depositada em dinheiro."

José S. não era exatamente um nome original. Além disso, estávamos no dia 18 de março, o que eliminava a possibilidade de um flagrante.

"O dinheiro é depositado sempre na mesma agência?", perguntei.

Ela concordou com um movimento da cabeça.

"Você conhece alguém na agência de Teresópolis que possa me ajudar e descobrir quem é que faz esses depósitos?"

"Posso tentar."

Míriam tentou e fui testemunha dos longos minutos que passou ao telefone, em vão. Os depósitos eram feitos no dia 5 de cada mês, quando os bancos têm muito movimento, tornando impossível para um caixa se ater a detalhes como fisionomias de depositantes que assinam José S.

Despedi-me de Míriam, ainda perturbado por suas emanações sexuais, e ela perguntou:

"Você só defende causas de velhinhas?"

A pergunta, que interpretei como uma proposta, foi incisiva a ponto de me deixar totalmente sem graça:

"Só", respondi.

A verdade era que, naquele momento, eu não estava defendendo a causa nem de velhinhas nem de mocinhas. Que dirá de uma trintona furiosa.

Fui embora.

As informações que obtive a respeito da pensão de Isabella Zapotek não foram suficientes para satisfazer a curiosidade que me levara até ali. Mas havia outras premências e encontrar Irwin era a maior delas. Consultei o relógio, 11h12. Entrei num bar, comprei fichas e voltei à calçada movimentada da Dias da Cruz. Esperei um sujeito desocupar o orelhão e liguei para o hotel, só para constatar que nosso superdetetive continuava desaparecido. Liguei em seguida para Dora para saber, como eu já desconfiava, que Edgar Carneiro, o livreiro, também não havia mais se comunicado com Irwin desde nosso encontro, na manhã anterior. Restava telefonar para Trajano Tendler, mas minhas esperanças de que Irwin o tivesse contatado eram nulas. Tirei do bolso o papel em que estava anotado o telefone do milionário e li, de relance, o texto que nele estava impresso.

Diego Sávio leiloa objetos da coleção Loyola.

Dia 5 de março, 20h, no Antiquário da Estrada, em Teresópolis.

Como eu não percebera isso antes?

"Eu já disse que não perco meu tempo com esses leilões idiotas cheios de novos-ricos deslumbrados", afirmou Edgar Carneiro ao telefone, assim que lhe perguntei como poderia entrar em contato com Loyola. "Além do mais, ao que me consta, esse tal Loyola é um tipo dificílimo. Um excêntrico que nunca aparece. Os novos-ricos adoram."

"O nome José S. significa alguma coisa para você?", perguntei.

Não ouvi a resposta, o barulho da Dias da Cruz estava insuportável.

"Pode repetir? Este orelhão está horrível."

"Nada", ele gritou. "Esse nome não significa nada. Escuta aqui, Bellini, por que você não procura logo o Diego Sávio e faz essas perguntas para ele?"

"Só estou esperando você me dar o endereço."

Carneiro deu-me o endereço do antiquário de Diego Sávio. Sugeriu-me, entretanto, paciência no trato com Diego:

"Ele é arrogante e afetado, aliás como todo leiloeiro que se preze. Se os colecionadores formam uma confraria, pode-se dizer que os leiloeiros, em comparação, formam uma máfia."

Munido de tais informações, agradeci e desliguei. Antes de parar um táxi, porém, resolvi fazer uma visitinha a uma velha amiga que vivia nas imediações.

"Martíni?", perguntou a voz do outro lado da porta.

"Eu mesmo", respondi. "Martíni Bellini, Bellini Martíni, puro ou com gelo. A senhora pode abrir a porta, por favor?"

O rosto de Isabella Zapotek parecia ainda mais envelhecido à luz do dia. Ela abriu a porta com um sorriso malicioso e minha única dúvida era se já estava bêbada ou se ainda estava bêbada.

"Quer falar sobre cavalos?", perguntou.

"Não. Quero falar sobre isso", estendi-lhe a papeleta com o anúncio do leilão.

"Preciso apanhar os meus óculos", disse. "Você acha que consigo ler essas letrinhas?"

Esperei até que pegasse os óculos; ela não estava exatamente morrendo de pressa. Aquela pausa não fazia parte do plano. Esvaziava completamente o efeito de urgência que eu imprimira à afirmação.

"O que tem isso?", perguntou Isabella, depois de ler a papeleta.

"Você é que vai me explicar", respondi, abandonando os efeitos cênicos e me largando no sofá.

"Explicar o quê, querido?", perguntou ela, sentando-se ao meu lado.

"Quem paga a sua pensão mensal?"

"Não sei."

"Não sabe? Você não disse que foi contatada por um advogado alguns meses depois da morte do Américo?"

"Fui."

"Como era o nome dele?"

"Ah! E você acha que eu lembro? Por que cargas-d'água eu deveria guardar o nome de um advogado?"

"Era José, por acaso?", insisti.

"Não lembro, já disse."

"O sobrenome começava com S? Souza, Silva, Santos, Soares, Sena...

Ela não respondeu.

"Seu marido tinha algum negócio em Teresópolis?"

"Não que eu me lembre. Mas ele teve um encontro em Teresópolis."

"Encontro?"

"Encontro com a morte. O acidente aconteceu perto de Teresópolis."

"O que ele estava fazendo lá?"

"Como é que eu vou saber?"

"A senhora não sabe que seu dinheiro é depositado mensalmente por alguém que assina José S. numa agência do Bradesco em Teresópolis?"

Ela fez que não com a cabeça.

"E também não faz ideia de quem é Loyola, um sujeito que promove leilões de objetos em Teresópolis?"

"O que você quer dizer? Que eu faço parte de algum negócio sujo ou coisa assim? Hein?", perguntou ela, levantando-se. "Eu não sei do que o senhor está falando. Não sei de onde vem o meu dinheiro. Desde que o Américo morreu, recebo essa pensão. Sempre pensei que fosse um seguro ou um fundo qualquer. O que você quer, seu farsante? Tirar o meu dinheirinho?"

"Não é isso."

"Sai daqui! Sai daqui senão eu chamo a polícia!"

"Dona Isabella..."

"Olha que eu grito!"

Ela gritou. Saí apressado do apartamento e percebi movimentação nas portas vizinhas. Mas antes que alguém botasse a cara pra fora, eu já estava longe dali.

10.

Laranjeiras é um bairro que parece não ter mudado muito desde o século XIX. Reminiscências de um Rio imperial sucediam-se através do vidro da janela do táxi, mas eu estava absorto em questões mais contemporâneas.

Num velho casarão na rua Pires de Almeida, uma plaqueta anunciava: Diego Sávio, antiquário.

O interior do casarão havia com certeza sofrido uma reforma, e o que se via ali era um amplo salão repleto de objetos e móveis antigos. Um perfume de madeira envernizada e uma sinfonia em volume baixo invadiram-me respectivamente as narinas e os ouvidos. Uma senhora alta e magra aproximou-se suavemente. Ela parecia deslizar sobre o chão. O tipo de mulher que, quando bebê, deve ter aprendido a andar sobre mármore de Carrara.

"Pois não?"

"O senhor Diego Sávio está?"

"O Diego está viajando, mas eu posso responder por ele. Sou Celina Sávio, sócia e irmã do Diego", disse.

"Preciso entrar em contato com o senhor Loyola, em Teresópolis."

Ela sorriu com dentes brancos:

"O senhor ainda não disse seu nome."

"Bellini. Remo Bellini."

A menção de meu nome não foi suficiente para que ela se desse por satisfeita. Continuou me olhando com aquele sorrisinho falso, como um carregador de malas de hotel à espera de gorjeta.

"Sou advogado, a serviço de uma firma de auditoria. Estamos rastreando o Loyola."

Ela empalideceu. A palavra "auditoria" sempre funciona com esse tipo de gente.

"Mas nós não temos contato com o senhor Loyola."

"Vocês costumam organizar os leilões dele, não?"

"Mas é sempre ele que entra em contato conosco. Nunca o contrário. E é sempre com o Diego que ele fala. Recusa-se a falar com qualquer outra pessoa. O Loyola é um excêntrico, como o senhor deve saber."

"E esse Antiquário da Estrada, em Teresópolis?"

"É nosso. É como uma filial."

"Quando o senhor Diego estará de volta?"

"Talvez na semana que vem. Ou na outra. É difícil dizer. Ele está no interior da Bahia, pesquisando."

"Algum telefone em que possa ser encontrado?"

"Não, infelizmente. A cada dia ele está numa cidadezinha diferente, os hotéis nem sempre têm telefone. Às vezes ele liga; se o senhor quiser deixar um número para que ele entre em contato..."

Caminhamos até uma mesa no canto direito do salão, sob uma janela, e ela anotou meu nome e o número do hotel numa folha de papel. Sobre a mesa, além do telefone, cadernos e notas fiscais, havia um fichário em ordem alfabética. Tive comichões de dar uma conferidinha na letra L, mas não ficaria bem. Não sob o olhar severo de madame Mármore de Carrara, que com certeza ligaria para um advogado assim que eu tocasse em alguma coisa ali.

Despedi-me dela e caminhei até a rua das Laranjeiras.

Não precisei andar muito para encontrar um boteco numa

esquina movimentada, próxima à praça Ben Gurion. Encostei-me no balcão de alumínio frio e pedi uma cerveja. Se tem uma parte do trabalho de que eu gosto, é a parte suja. Enquanto bebia a cerveja, observei um rapaz que tomava conta dos carros estacionados. Calculei que ele faturasse uma média de dois reais por carro, o que dava um montante de mais ou menos seis reais por hora de trabalho. Paguei a cerveja e caminhei até ele.

"Quer ganhar vinte reais por dez minutos de trabalho?", perguntei.

Um gesto afirmativo foi a resposta.

Cinco minutos depois, voltei ao antiquário de Diego Sávio. Celina estava sentada à mesa e vi seus olhos se arregalarem à minha aproximação.

"Pois não?", perguntou com voz trêmula.

"Mil perdões", disse eu, "mas você acredita que roubaram meu carro enquanto eu estava aqui?"

"Que absurdo!", disse, mais calma.

"Posso usar o telefone?"

"Claro, claro. Quer o número da polícia?"

"Não será preciso, obrigado. Vou ligar para minha secretária antes."

Peguei o telefone e comecei a discar um número qualquer. Antes que se completasse a ligação, alguém entrou pela porta da frente. Madame Mármore de Carrara pediu-me licença e se encaminhou ao rapaz que acabara de entrar.

Depois de alguns minutos, ela retornou à mesa. Eu já havia desligado.

"Tudo certo?", perguntou.

"Tudo, obrigado. Já vou indo. Era um cliente?

"Aquele rapaz? Não. Estava atrás de um endereço errado."

"Eu vi que não tinha mesmo cara de cliente", afirmei.

Ela sorriu, e nos despedimos.

Voltei ao hotel.

Na recepção, peguei minha chave e certifiquei-me de que Irwin não aparecera nem deixara recados. Peguei o elevador. O estratagema funcionara. Havia, como eu desconfiava, um número na ficha de Loyola. 644-3021. Além dele, um nome, José. No quarto, disquei o número misterioso.

"Taverna Eslava, boa tarde", respondeu uma voz de homem.

"É de Teresópolis?"

"Sim."

"O José, por favor."

"Quem gostaria?"

"É da parte de Diego Sávio."

Alguns segundos.

"Seu Diego?"

"José, boa tarde. Estou precisando falar com o Loyola."

"É o seu Diego que está falando?"

"Não. Mas ele pediu que eu ligasse."

"O seu Loyola não tem aparecido."

"Mas é urgente."

"Com esse tempo chuvoso, é difícil ele aparecer. Com aquela perna, o senhor sabe. Mas eu dou o recado assim que ele aparecer. Como é seu nome?"

"Diga pra ele ligar pro Diego. Obrigado."

Desliguei e liguei em seguida à recepção pedindo que me alugassem um carro.

"Tem preferência de marca?", perguntou o recepcionista.

"O que for mais rápido."

"O que anda mais rápido ou que for mais rápido de conseguir?", insistiu.

"Ambos", respondi, e desliguei.

Depois, liguei para o room-service e pedi filé a cavalo com fritas.

"Um ou dois ovos?", perguntou a atendente.

"Dois."

Lembrei que as batatas costumavam vir encharcadas em óleo.

"Por favor, substitua as batatas por arroz."

"O.K."

Finalmente liguei para Dora e relatei-lhe os últimos acontecimentos.

"Tudo bem. Mas antes de ir para Teresópolis você tem que fazer uma coisinha", disse ela.

Eu sabia. Eu sabia que não seria assim tão fácil.

A delegacia onde estava lotado o tira amigo de Dora ficava no Leblon, na rua Afrânio de Mello Franco. Situada entre uma casa de espetáculos para turistas, o Scala, uma favela urbana, a Cruzada, e edifícios de classe média alta, a delegacia ocupava um espaço estratégico. Nelmo Dias era um tira de meia-idade, usava dentadura e vestia um paletó cor de vinho. Investigador experiente, concedeu-me um tratamento entre o irônico e o simpático, típico dos cariocas:

"Dei uma geral por aí, o americano está sumido mesmo."

"Você acha que ele pode ter sido assassinado?", perguntei.

"Nunca se sabe, mas acho que não. O pessoal que rouba turistas geralmente não comete atrocidades, até porque seria contraproducente. Sequestrado também não foi. A indústria do sequestro é a mais profissional de todas e nunca cometeria a bobeira de sequestrar um americano. É fria. O meu medo é que algum maluco tenha pegado o cara. Aí, vale qualquer coisa. Pode estar apodrecendo na floresta da Tijuca e a gente nunca vai saber... vem cá, esse gringo é boiola?"

"Boiola?"

"Viado."

"Acho que não, sei lá. Ou talvez seja, como vou saber?"

"Tudo bem, deixa pra lá. Fica tranquilo, nós vamos achar o cara."

Tranquilo não era bem o meu estado de espírito. Formalizei a queixa, preenchendo fichas e descrevendo o americano. Tomei o cuidado de não especificar qual era exatamente o caso que nos levara até o Rio e não posso dizer que Nelmo tenha ficado satisfeito com isso. A operação toda tomou quase uma hora. Quando acabou, Nelmo me acompanhou ao estacionamento da delegacia, onde um Gol branco me esperava.

"Bellini, você deve saber também que a gente vai ter que contatar o consulado norte-americano. Sabe como é, aqueles caras são neuróticos. Não dou duas horas pros federais aparecerem. Talvez você precise depor. Carro alugado?", perguntou.

"Vocês sabem tudo, né?"

"Quase tudo. No caso de você querer encontrar o Irwin por conta própria, não sei como é em São Paulo, mas aqui a gente não gosta de interferência. Outra coisa, se o caso que vocês estão investigando for alguma coisa fora da lei, aí, meu amigo, eu não tenho pistolão pra cobrir teu rabo."

"Nelmo", eu disse, entrando no carro, "vocês e os paulistas são iguaizinhos, não se preocupe. Se tem uma coisa em que Rio e São Paulo coincidem é na simpatia e cordialidade dos tiras."

Girei a chave na ignição.

"Quanto ao meu rabo, pode deixar que eu mesmo cuido dele."

Nelmo Dias acenava com a mão quando parti em direção ao túnel Rebouças.

11.

Em menos de uma hora eu estava em Teresópolis, cidade serrana onde cariocas têm casas de campo. Na secretaria municipal de turismo, na praça Olímpica, informei-me sobre a localização da Taverna Eslava. Rodei alguns quilômetros pela estrada que liga Teresópolis a Nova Friburgo, a RJ-130, e à altura do quilômetro 28 abandonei-a por uma alameda de cascalho circundada por flamboyants e pinheiros. Três quilômetros adiante, avistei a Taverna Eslava. Era uma construção de madeira escura, com dois andares. No andar de cima, quatro águas-furtadas. O dia estava morrendo e a luminosidade do lusco-fusco dava à construção um aspecto de castelo da Transilvânia. Havia dois carros estacionados, uma perua Pajero e um Monza. Estacionei meu Gol e entrei na taverna.

O lugar lembrava um pub, ou coisa do gênero, era aconchegante e convidava à bebida. Sentei-me ao balcão, onde havia uma placa com a palavra "hostinec". Havia dois homens servindo ao balcão. O mais velho, beirando os quarenta anos, provavelmente era o dono da birosca. Supus que fosse o tal José, que me atendera ao telefone. Tinha bastos cabelos negros e um bigodão tipo mexicano. Seu assistente, mais jovem, era um garotão sardento e assustado. Fiz um sinal com a mão e o mais velho aproximou-se.

"Você é o proprietário?", perguntei.

Ele aquiesceu.

"Prazer, Remo Bellini", eu disse, estendendo-lhe a mão.

"José Siqueira", disse ele, retribuindo o cumprimento.

"Pelo sotaque, é paulista", concluiu.

Então o S era de Siqueira. E eu que pensara em Souza, Silva, Santos, Soares e Sena. O mundo é mesmo surpreendente.

"Siqueira não me parece um nome tcheco", afirmei.

"Quem você esperava encontrar, o Milan Kundera?"

Já que ele estava propondo um teste de conhecimentos gerais, não custava nada forçar um pouquinho:

"Não. Talvez um descendente de Emil Zatopek", redargui, numa alusão ao grande fundista tcheco. Esperei que a semelhança entre os sobrenomes Zatopek e Zapotek causasse algum efeito, mas o sujeito era inescrutável:

"Um admirador da Tchecoslováquia. Se Remo Bellini pode gostar da Tchecoslováquia, José Siqueira também pode, não?"

"Eu admiro grandes atletas. Não sei nada sobre a Tchecoslováquia."

"Permita-me proporcionar-lhe um bom começo, então", ele disse, retirando-se.

Observei o ambiente. Uma moça loura servia às mesas. Os fregueses eram poucos. Uma velhota de cabelos azuis sentada ao meu lado no balcão bebia chope e fumava cigarro. Numa das mesas, um casal comia um ensopado de carne acompanhado de macarrão e pedaços de beterraba cozida. Bebiam vinho tinto. O sujeito era mais velho, bem-apessoado e metido a besta. A moça era muito moça e um pouco idiota. Provavelmente um chefe de repartição cometendo um crimezinho de adultério com a jovem secretária. Nada de mais.

José voltou com uma garrafa de Plzen Urquell, cerveja tcheca. Fez sinal para que eu aguardasse e retirou-se novamente. Fiquei ali, bebendo, sem saber direito o que fazer.

Passaram-se dez minutos e José apareceu carregando um prato fumegante.

"Língua de porco com batatas", disse.

Se aquilo era uma pequena amostra da culinária tcheca, posso afirmar que a cerveja estava ótima. O porco, nem tanto.

Depois de algumas garrafas de Plzen Urquell (e pouquíssimas garfadas da língua de porco), resolvi urinar. Levantei-me e fui até o banheiro. Há poucas coisas melhores do que uma boa mijada. Minha cabeça estava leve. Meu pau finalmente encontrava um sentido para sua existência. A vida fluía como um rio caudaloso de urina de cerveja tcheca. Eu estava em êxtase. Um sujeito se aproximou mancando, apoiado a uma bengala. Postou-se no mictório ao lado, pendurou a bengala numa pequena prancha de mármore que servia de divisória aos dois mictórios e começou a urinar. Era um cara velho, elegante e um pouco esnobe. Tinha ainda muito cabelo, mas todo branco. Não era nenhum dos fregueses que eu vira no salão principal da Taverna. Tentei não olhar muito para ele, não é nada agradável mijar com alguém te medindo de cima a baixo, mas o rosto era familiar. Demorei mais que o necessário no ato de lavar as mãos e fiquei observando o sujeito pelo espelho. Ele urinou devagar, como fazem os velhos. Depois, pegou a bengala e saiu. Não lavou as mãos.

Voltei rapidamente ao meu lugar no balcão e pedi mais uma cerveja ao garotão sardento. O lorde de bengala conversava com José. Estavam no canto oposto ao meu, e não consegui ouvir o que diziam. O velho parecia surpreso com o que ouvia. Olhei em torno, a moça loura estava à mesa do casal, abrindo mais uma garrafa de vinho. A velhota no balcão permanecia impassível, bebendo chope e fumando. Seu cabelo continuava azul, mas não tão azul. Parecia estar descorando aos poucos. Tornei a olhar para os dois, que terminavam a conversa. O lorde caminhou em seu ritmo manco até o telefone, e José entrou na cozinha, saindo de meu campo de visão.

O velho apoiou a bengala no aparelho do telefone público — uma caixa azul retangular —, discou um número e aguardou. Conversou rapidamente e desligou. Ligou de novo. Dessa vez conversou um pouco mais e tornou a desligar. Pegou a bengala, voltou ao balcão e permaneceu em pé, imóvel. Cruzamos olhares e eu tive certeza de que o conhecia, não sabia de onde. Um velho ator de telenovelas, talvez. Sua expressão era vazia. José voltou da cozinha com um embrulho. Chamei o garotão.

"Me vê a conta", eu disse.

"Sim, senhor."

"Me diz uma coisa", fiz um gesto em direção a José e ao lorde, "quem é o sujeito que está conversando com seu patrão?"

"Eu não sei", ele disse. Arregalou os olhos medrosos e caminhou até a caixa registradora.

Mas eu sabia. Sou um bom fisionomista.

José e o lorde saíram andando em direção à porta. José carregava o embrulho e o lorde mancava. Bebi o que restava da cerveja, deixei uma nota graúda sobre o balcão e não esperei pelo troco.

Lá fora já era noite. Entrei no meu carro. José ajudava a acomodar o embrulho no banco traseiro da velha Parati do lorde. Os dois ainda trocaram duas palavras e então se despediram. José voltou à Taverna e o velho saiu com a Parati. Deixei que se afastasse um pouco e pus-me a caminho.

É difícil seguir um carro à noite, por trilhas desertas, sem ser notado. Tentei manter distância da Parati, mas os caminhos eram cheios de curvas e entradas abruptas. Rodamos por vinte minutos, ou mais, e depois dos primeiros dez eu já havia desistido de não me fazer notar. Mas eu não ia perdê-lo de vista, custasse o que custasse.

De repente ele parou. Encostou a Parati junto a um barranco, desligou o motor e apagou os faróis. Encostei meu carro a dois metros do seu e também desliguei motor e faróis. Estávamos num trecho deserto da estrada, numa escuridão total. Ventava e ouviam-se grilos. Não consegui enxergar nada por alguns segundos. Concentrei o olhar na direção da Parati. Quando voltei a enxergar, vi o carro vazio. O sacana tinha escapado, não sei como. Acendi meus faróis, saltei do carro e caminhei até a Parati. Olhei através do vidro das janelas e não havia ninguém lá dentro.

"Merda", eu disse.

No instante seguinte, alguma coisa me puxou com força pelo pé. Só quando caí no chão percebi que era a parte curva de uma bengala que se enganchara na base de minha canela. Mas a essa altura a ponta da bengala já estava pressionando minha jugular e o lorde, saindo de debaixo do carro com uma agilidade espantosa, perguntou:

"O que você quer, hein?"

Respondi com outra pergunta, bastante metafísica:

"Américo Zapotek, de quem você está fugindo?"

"No momento, de você, Remo Bellini", disse ele, mandando às favas a metafísica.

"Parece que eu não sou o único esperto por aqui", eu disse.

"Não, não é", disse ele, desistindo de me ameaçar com aquela bengala mortífera. Levantou-se e estendeu-me a mão: "Vamos, temos muito que conversar".

* * *

Deixei o Gol ali mesmo e entrei na Parati. Zapotek sugeriu que eu acomodasse o embrulho no banco de trás; foi o que fiz. O embrulho era pesado e parecia conter umas seis garrafas cheias. Ele jogou a bengala para trás, que caiu no banco, junto ao embrulho. Deu a partida no carro. Olhei para seu rosto e constatei que sofrera grandes transformações desde seu casamento, havia mais de cinquenta anos. Mas a forma triangular, o nariz adunco e a expressão dos olhos – inconfundível – ainda eram os mesmos da foto que eu havia visto no porta-retratos no apartamento de Isabella Zapotek.

"A gente sempre deixa uma pista", disse eu, imaginando que ele estivesse curioso a respeito de como eu descobrira sua identidade.

"Você se refere ao impresso anunciando o leilão?", perguntou. "Eu plantei aquela pista."

"Eu me refiro à foto do seu casamento", disse eu, e finalmente ele se surpreendeu com alguma coisa.

"É a única que existe. É uma pena. Considero-me fracassado. O ideal de uma existência sem provas, sem fotos, sem documentos... Eu fui contra aquela foto! Mas as mulheres adoram fotos. Já reparou?"

Eu não tinha reparado, mas desisti de levar o assunto adiante.

"Explique a pista plantada", eu disse.

"Você achou que foi uma coincidência encontrar um papel anunciando o leilão sobre a mesa do Edgar Carneiro? Que ingenuidade. Estou afastado da vida mundana há muitos anos, como você sabe, mas mantenho alguns contatos com o, digamos assim, mundo exterior."

Ele engatou uma primeira e começamos a subir uma ladeira íngreme. Lá fora, só escuridão.

"O telefone é a grande invenção de nosso tempo. Todo o resto é consequência. Eu acabei de ligar para o seu quarto, no Copacabana Palace. E aquela história de recado do Diego... Você é um cara esperto, Bellini. Me enganou. Gosto disso."

"Você gosta de ser enganado?"

"Não. De ser surpreendido. Cândida Falcão foi quem me avisou sobre vocês. A gente sempre se fala. Pelo telefone. Só pelo telefone. Contou que havia sido procurada por esse detetive americano com uma história maluca sobre um playboy e um livro perdido há mais de meio século. Disse que Edgar Carneiro também havia sido contatado... Eu desconfiei, claro, e dei um jeito de estar na Sapere quando vocês foram encontrar o Carneiro. Ele não me conhece, portanto foi fácil ficar ali, como um cliente descompromissado."

"Você estava lá, eu me lembro agora. Lembro da bengala. O seu rosto estava escondido no meio de uma coleção... uns livros vermelhos, se não me engano."

"Bem observado, detetive. Uma coleção da Enciclopédia Britânica. Filosofia. Tomás de Aquino, Montesquieu, Rousseau, Gibbon, Espinosa, Descartes, Kant... esse tipo de coisa."

"Imagino que não era exatamente em filosofia que você estava interessado."

"Não. Eu queria saber quem eram vocês e o que queriam. Gosto de observar as pessoas. De longe. Só de longe."

"E por que você não se aproximou e perguntou o que a gente queria, como um ser humano normal?"

"Porque não sou um ser humano normal. Além disso, viver sob falsa identidade, tendo forjado o próprio óbito, é crime. Eu não sou normal, mas não quero ir pra cadeia, certo?"

"Então você plantou aquela pista ali, pra ver se estávamos mesmo interessados num livro raro ou se aquilo era apenas um estratagema pra descobrir o seu paradeiro."

"Por aí. Até porque eu realmente comprei o tal manuscrito da puta americana. Só não sei onde o enfiei. Mas vou encontrar. Tem uma coisa que eu não gostei, a Cedella dizer que eu era um playboy. Nunca fui playboy. Será que ela me confundiu com o Jorginho Guinle? Eu trabalhei para ganhar cada centavo da minha fortuna! De qualquer maneira, acho um exagero todo esse frisson por causa de um manuscrito inédito de Dashiell Hammett. Se fosse do Salinger, vá lá."

"E essa ladeira, não acaba nunca?", perguntei, tentando minimizar o impacto da revelação.

"Já, já. Não tenha pressa. Tem medo de subir ladeira?"

"Não. Só de descer. Estou pensando na volta."

"Ainda é cedo pra isso, detetive. Nós ainda nem chegamos."

"Por que você prefere o Salinger ao Hammett? Só porque ele é um eremita, como você?"

"Eremita por eremita, prefiro o Howard Hughes, que nem era escritor, era milionário. Não perca seu tempo tentando discutir literatura, Bellini. Eu acho que um manuscrito inédito do Salinger daria mais grana, só isso."

"Tudo bem. Vamos continuar", disse eu. "Depois da pista

que, cá entre nós, demorou um pouco pra dar resultado, você instruiu Cândida a xeretar mais a respeito de nosso intuito. Ela, depois de almoçar com Irwin, foi com ele até o hotel e arrancou-lhe mais algumas informações, como só as mulheres sabem fazer."

"Do jeito que você fala parece que a Cândida é uma leviana. Não é nada disso. Tudo bem, ela é colunista social, mas não exagere. Veja bem, Cândida não sabe que sou Américo Zapotek. Nem Cândida nem ninguém. Para ela eu sou o Loyola, um excêntrico que vive isolado em Teresópolis. Ela só me conhece por telefone. Os leiloeiros também só me conhecem por telefone. A única pessoa que sabe como é o rosto de Loyola é o José, da Taverna. Portanto, não tire falsas conclusões."

"Minhas conclusões são óbvias. Depois de se certificar de que o Irwin estava realmente interessado no manuscrito e não em descobrir sua identidade secreta, você entrou em contato com ele, já que percebeu que podia faturar um belo dinheiro com isso."

"Certo."

"E o que fez com ele?", perguntei.

"Com o dinheiro? Eu ainda não recebi o dinheiro."

"Com o Irwin."

"Ah. Nada."

"Nada? Cadê ele?"

"Calma", disse Zapotek, enquanto estacionava o carro. "Me ajude com o embrulho."

Desci do carro carregando o embrulho. Agora eu tinha certeza de que eram garrafas.

12.

A casa parecia lúgubre, talvez por causa da escuridão e do som do vento assobiando entre os ciprestes. Era um sobrado, provavelmente construído lá pelo final dos anos 60. Não era uma mansão, mas estava de bom tamanho para um defunto vivo. Bem vivo, por sinal.

Percorremos uma pequena trilha de cascalho, circundada por um jardim malcuidado. Zapotek abriu a porta e entramos. Havia um abajur aceso, mas o que chamava a atenção era a quantidade de objetos e caixotes espalhados pela sala. Móveis, máquinas de costura, tapetes, estátuas, televisões antigas, bicicletas, objetos inidentificáveis e uma imensa coleção de relógios. Relógios de todos os tipos e tamanhos, alguns com pêndulos, outros com casinhas e ninhos de sinistros cucos. O ruído que produziam todos aqueles relógios era como uma trilha sonora incongruente e aterradora.

"Traga o embrulho", disse ele.

Subimos a escadaria que dava num corredor, no segundo andar. O corredor também estava abarrotado de estátuas, abajures, vitrolas, brinquedos antigos e mais relógios. Muitos relógios.

"E pensar que dona Isabella disse que suas coleções haviam se perdido."

"Não leve muito a sério o que a Isabella fala", afirmou.

Paramos em frente a uma porta fechada. Zapotek deu batidinhas na porta usando a mesma parte da bengala com que me derrubara.

"Can we come in?", perguntou.

Não houve resposta.

"Ele deve estar dormindo", disse, e abriu a porta.

Irwin roncava ao lado de três avestruzes empalhadas. Mas não eram só as avestruzes que lhe faziam companhia. Havia também duas garrafas de uísque Ballantine's ao seu lado. Uma delas estava vazia e a outra já passava da metade. O ambiente recendia ao álcool que emanava dos poros entorpecidos de Dwight Irwin.

"O seu amigo é fraco pra bebida", disse Zapotek. "Não acompanhou minha balada. Mas eu trouxe mais. Abre o embrulho."

Desembrulhei as seis garrafas do mesmo uísque que levara meu companheiro àquele estado deplorável. Abri uma delas e dei um gole no gargalo. Eu estava precisando. Depois, passei a garrafa a Zapotek.

"Melhor não. Chega. Já bebi muito por hoje. Vamos preparar um café forte."

"Tem duas coisas me intrigando", eu disse. "Por que você forjou a própria morte e por que o Irwin encheu a cara."

Estávamos na mesa da cozinha, sorvendo o café forte de Zapotek. Havia máscaras africanas me vigiando das paredes.

"Ele encheu a cara porque é alcoólatra. Você não sabia?"

"Por isso mesmo. Ele me disse que estava sóbrio havia anos."

"Um alcoólatra é sempre um alcoólatra. Você não viu a Isabella?"

"Por falar nela, ela sabe do seu segredinho?"

"Claro que não. Ninguém sabe que Américo Zapotek está vivo. Só você e o Irwin. E esse é um problema que vocês têm que me ajudar a resolver."

Ele bebeu um gole do café.

"É claro que eu quero meter a mão nessa grana", prosseguiu, "mas não estou disposto a ver meu segredo revelado ao mundo."

"E à polícia", acrescentei. "Você deve muito dinheiro?"

"Não. Não devo nada. Meus negócios já estavam indo mal havia muito tempo, mas não foi por isso que resolvi me retirar. Pode-se dizer que aconteceu o contrário. Comecei a me desinteressar da vida que eu levava. Tudo era um grande e inominável tédio. A fortuna, as coleções, os negócios, as festas, as mulheres..."

"Deve ser horrível", eu disse.

"Não seja sarcástico. O sarcasmo é sintoma de amargura. A felicidade não depende de dinheiro."

"Então por que você está tão empenhado em vender o manuscrito?"

"Ora, Bellini. É preciso sobreviver. Você sabe disso. Não banque o santinho."

"Vá em frente."

"Eu estava profundamente desiludido com a vida. Era como se eu não fosse mais eu. Entende?"

"Dá pra ter uma ideia."

"Primeiro pensei em me matar. O Danilo Mendez, que era um jóquei excepcional, havia se matado fazia algum tempo. Ele não suportou a decadência profissional e resolveu acabar com tudo, tomando uma dose letal de veneno. Achei que aquele era um sinal do destino e comecei a namorar a ideia do suicídio. Aos poucos, fui me desfazendo de tudo que tinha. Resolvi vender uma porra de um helicóptero que eu havia comprado alguns anos antes. O Marques, que era o meu piloto, ficou muito abalado com aquilo. 'Vamos dar um último passeio no *Águia*, patrão', ele disse. Que bobagem um sujeito se apegar a um helicóptero. Até nome o helicóptero tinha. Águia. Que grande bobagem. Eu andava deprimido, pensando em morrer, mas acabei aceitando o convite do Marques. O tempo não estava lá muito bom pra voar, não. Tinha chovido e o céu estava nublado, mas o Marques era um sujeito criterioso e nunca duvidei de sua competência profissional. Viemos voando aqui pras bandas de Teresópolis; você acredita que eu mal conhecia Teresópolis naquela época? Tinha dinheiro, tinha tudo, mas não conhecia Teresópolis!"

"Que desperdício", eu disse.

"Esse sarcasmo ainda acaba te matando, vai por mim. Voamos pela região e lá pelas tantas o Marques me mostrou um imenso pico de pedra envolto em nuvens baixas. 'Olha o Dedo de Deus'. O negócio parecia mesmo um dedo apontado para o céu. Daí o Marques fez uma curva abrupta e foi de encontro ao paredão de pedra. Não sei o que deu nele, até hoje me pergunto se o acidente foi intencional ou não. A morte andava me rondando naquela época, o Danilo já tinha se matado, não sei o que podia estar passando pela cabeça do Marques. As pessoas pensavam que eu estava enlouquecendo e acho que estava mesmo. Talvez o Marques quisesse ter matado a nós dois, mas o fato é que só ele morreu. E eu ganhei uma outra vida. Ou melhor, ganhei a chance de poder ter uma outra vida. O sonho de qualquer um, não?"

"Depende. Você machucou a perna no acidente?"

"Sim. Foi um choque horrível. Perdi os movimentos da perna para sempre, mas foi um preço muito pequeno pela liberdade que conquistei. Sobrevivi por milagre. Quem me resgatou dos escombros foi um peão do mato, o José. Ele cuidou de mim e me abrigou em sua casa por uns tempos. Nos tornamos grandes amigos. Como Robinson Crusoé e Sexta-Feira."

Ele riu.

"Você não acha engraçado?", perguntou.

"O quê?"

"Comparar Robinson Crusoé e Sexta-Feira a mim e ao José."

"Acho."

"Então por que não ri?"

"Pra um sujeito que vive afastado do mundo, você até que é bem preocupado com as reações da plateia. Prefere um sorriso ou um aplauso?"

"Não tente me contaminar com sua amargura, Bellini. Eu sou à prova de amarguras desde o acidente. Assim como Crusoé, também sou vítima de um acidente que mudou o curso do meu destino. A diferença é que ele estava num navio, e eu, num helicóptero. Como Sexta-Feira, José tem sido meu único elo com o mundo, e esse é o segredo da minha felicidade. Foi ele que me ajudou a reaver partes das coleções e é da venda delas que vivo até hoje. Retribuí o favor ajudando-o a construir a Taverna e dando-lhe instrução. Hoje em dia José fala quatro línguas e é capaz de discorrer sobre assuntos tão variados quanto enxadrismo, enologia, escotismo ou egiptologia, isso só pra ficar na letra 'e'. Mais: nunca me fez perguntas indiscretas e sempre aceitou minhas razões, mesmo que não as compreendesse."

"Que linda história. Estou comovido."

"Não vou mais me manifestar a respeito de seu sarcasmo. Que tal acordarmos o americano? Acho que ele já descansou o suficiente."

"Antes quero fazer um trato", disse.

"Como assim?"

"Um precinho que você vai ter de pagar pelo meu silêncio."

"Que é isso, Bellini, chantagem? Que vergonha. É por isso que eu evito as pessoas. O ser humano é tão previsível quanto desprezível. Quanto você quer?"

"Eu não quero nada. Você vai ter de aumentar aquela pensãozinha ridícula que manda pra Isabella. Aquilo sim é uma vergonha."

"Pra quê? Pra ela gastar tudo em gim?"

"Ela prefere martíni, Zapotek."

13.

Quando Irwin e eu chegamos ao Copacabana Palace, já estava amanhecendo. Durante o percurso ele não falou muito. Apesar de o caso estar praticamente solucionado, Irwin não estava para comemorações. Pudera, já tinha comemorado tudo a que tinha direito. Seu estado de depressão contrastava com minha alegria. Eu tinha descoberto a identidade secreta de Zapotek, resgatado Irwin de um quase coma alcoólico e o sacana nem para me agradecer. Tudo bem, eu compreendia seu estado de espírito. Havia duas noites passadas, pouco antes de dormir, ele recebera um telefonema anônimo. O sujeito dizia ter informações importantes sobre o caso, e era imperativo que se encontrassem imediatamente. Marcaram um encontro para dali a quinze minutos na esquina da avenida Atlântica com a rua Figueiredo Magalhães.

"É importante que o senhor compareça sozinho", alertou o interlocutor.

Irwin vestiu-se rapidamente e saiu. Caminhou pela avenida Atlântica, confundindo-se com a fauna noturna, composta de turistas, prostitutas e travestis. Postou-se à esquina combinada e esperou alguns minutos. Foi contatado por um senhor elegante dirigindo uma Parati. Irwin entrou no carro. O sujeito, que se apresentou como Loyola, falava um inglês fluente que impressionou o americano. Este, por sua vez, explicou a razão de sua vinda ao Brasil. Loyola, então, surpreendentemente revelou sua verdadeira identidade e narrou todo seu passado misterioso. Irwin compreendeu as razões de Zapotek e também falou sobre sua vida pregressa, sobre seus conflitos e sua luta contra o álcool. Encontraram afinidades e trocaram confidências durante a viagem.

Em Teresópolis, como dois velhos amigos que se reencontrassem depois de anos, Zapotek mostrou a Irwin cada item remanescente de suas coleções e acabou por lembrar-se do manuscrito de Hammett.

"Eu me lembro, é verdade. Cedella era maravilhosa. O livro nem tanto", disse.

"Mas onde ele está?", insistiu Irwin.

"Tenho de procurar. Minhas coleções estão espalhadas por vários lugares... aqui, na Taverna, na casa de José e até mesmo num pequeno depósito na estrada..."

"Vamos procurá-lo imediatamente", disse Irwin.

"Calma, estamos em plena madrugada e estou com fome", redarguiu Zapotek.

"Pensando bem, eu também", concordou Irwin; "mas você tem certeza de que não vendeu o manuscrito?"

"Claro. Quem iria querer comprar aquilo? Minha clientela é formada por novos-ricos e burgueses imbecis. Pra essa gente um manuscrito de Dashiell Hammett não teria valor algum. Por outro lado, eu não poderia me expor procurando experts. Você me compreende. Vamos comer."

Zapotek preparou então um pato assado com repolho e abriu uma garrafa de vinho húngaro. Ofereceu uma taça a Irwin, que, como de praxe, declinou.

"Perdoe-me", disse Zapotek, "esqueci que você é um ex-alcoólatra".

"Não existem ex-alcoólatras. Um alcoólatra é sempre um alcoólatra."

"Deve ser difícil viver sem poder usufruir dos prazeres do álcool."

"Não é um prazer, é uma doença."

"Os prazeres andam junto com as doenças, Irwin. O sexo, que para grande parte das pessoas é o maior dos prazeres, para mim já foi uma doença. Uma compulsão neurótica e destrutiva."

"Eu não tenho problemas com sexo", disse Irwin.

"Isso é porque não conhece as mulheres brasileiras."

Irwin levou à boca uma garfada do pato. Mastigou e engoliu, pensativo. Depois, disse:

"Conheço, sim."

"Quem?", perguntou Zapotek.

"Cândida. Cândida Falcão."

"Conhece como?"

"Cândida e eu fizemos amor", disse Irwin.

Zapotek encarou-o em silêncio por alguns segundos e então começou a gargalhar. Riu muito. Depois, disse:

"Isso me transforma numa espécie de sogro."

"Sogro?"

"Sou um homem de muitos segredos, Irwin. Cândida Falcão é minha filha. Em minha juventude cometi infinitos adultérios. A mãe de Cândida, Maria Emília, era uma mulher belíssima. Era casada com um figurão da época, um senador da república, Erasmo Falcão. Um homem mais atento ao poder do que à própria esposa, você sabe. Foi um caso passageiro, mas Maria Emília engravidou e fez questão de que eu soubesse que o filho era meu. Quando Cândida nasceu, nós não estávamos mais nos encontrando. Naquela época eu não sentia nenhuma atração por mulheres grávidas, o que só demonstra o tipo de homem que eu era. Totalmente insensível. Erasmo sempre pensou que a filha fosse dele, e Cândida nunca pensou diferente. Esse foi um segredo meu e de Maria Emília. Ela morreu há alguns anos."

"Isso é terrível", disse Irwin.

"O quê, Cândida ser minha filha ou você ter tido relações com ela?"

"As duas coisas. Ela não sabe que é sua filha até hoje?"

"Claro que não. Ela, como todo mundo, pensa que Américo Zapotek está morto. E nunca desconfiou que fosse filha dele."

"Mas ela se comunica com você, não?"

"Irwin, eu não tive filhos com Isabella. Nem com Isabella nem com ninguém. Cândida é minha única filha. Em meu íntimo, sempre reneguei a ideia de que tinha uma filha. Mas depois do acidente, quando minha vida se transformou completamente, comecei a ficar curioso a respeito de quem era aquela pessoa. Cândida já era uma colunista social conhecida quando me aproximei. Sempre como Loyola, evidentemente. Ela também já conhecia o Loyola de ouvir falar. Sabe, eu sou um tipo popular entre os burgueses cariocas. Foi fácil tornar-me amigo dela, por telefone. Só por telefone. Ela pensa que eu sou um velhinho maluco. E acho que sou mesmo. Talvez antes de morrer eu conte pra ela toda a verdade, mas ainda é cedo."

Irwin, em estado de grande confusão mental, aceitou então uma taça do vinho. Iniciou-se aí uma bebedeira que só terminaria dois dias depois, com minha chegada.

Acompanhei-o até o quarto do hotel e fui para a janela enquanto ele telefonava para Lucas Brown, o editor. Pessoas corriam e caminhavam pela praia. Parecia um dia normal, mas não era. Nem para mim nem para o Irwin. A primeira coisa que faria assim que entrasse em meu quarto seria abrir uma garrafa de champanhe.

Lucas Brown vibrou com a notícia e garantiu que em três dias estaria no Rio, disposto a pagar o que fosse necessário pelo manuscrito. Irwin afirmou que se encarregaria de ter Zapotek e o manuscrito a postos assim que Brown chegasse. Dito isso, desligou. Depois ficou olhando para mim, sem expressão nos olhos.

"Descanse", eu disse. "Você bebeu por um bom motivo."

"Não há bons motivos. Estou péssimo."

"Não sei se vai ajudar", insisti, "mas eu gosto mais de você agora."

Ele sorriu:

"A gente sempre simpatiza com os mais fracos."

Não falei nada. Fui para o meu quarto.

14.

Enchi a banheira de água morna. Abri a garrafa de champanhe, mas meu estado de espírito também não estava tão comemorativo assim. Caiu mal. O caso chegara ao fim e minha alegria inicial dera lugar a uma espécie de depressão. Devia ser o cansaço.

Depois do banho, deitei-me ao som de Robert Johnson:

"I went to the crossroad, fell down on my knees..."

Dizem que Robert Johnson fez um pacto com o demônio. Ele era um músico medíocre e, de repente, começou a tocar e a compor divinamente. Aos vinte e sete anos foi envenenado por uma namorada ciumenta.

Lembrei de ligar para Dora, mas adormeci.

Abri os olhos de repente e Robert Johnson ainda cantava. "I got stones in my passway, and my road seems dark as night..." A luz da tarde entrava pela janela e um grande rosto familiar olhava pra mim.

"Acorda!", disse Dora Lobo.

Levei um susto. Explico: trabalho para Dora Lobo há anos e ela sempre permaneceu no escritório, deixando as investigações no mundo exterior por minha conta. Sei que no passado já teve suas noites de vigília e trabalho pesado, no corpo a corpo das ruas. Mas desde que me contratara nunca mais arredara pé de sua sala, na companhia confortável de Tiparillos e Paganinis. Por isso o meu assombro ao vê-la ali, dentro de meu quarto no Copacabana Palace.

"Dora?"

Ela disparou uma rajada de perguntas:

"E se eu fosse uma ladra? Ou uma assassina? Que loucura é essa de dormir com essa merda nas orelhas? E por que não usar o trinco da porta?"

"Como você entrou?"

"Frango, você não sabe abrir uma fechadura com um grampo?"

"Não uso grampos."

"Meu pai também não. Mas me ensinou a usá-los. Posso sentar?"

Ela não esperou minha resposta e sentou-se na poltrona em frente à cama. Acendeu uma cigarrilha e disse:

"Meu pai abria portas com um canivete."

"Seu pai era ladrão?", perguntei.

Ela riu:

"Vista-se, frango. Você tem que voltar a São Paulo ainda hoje. Prepare-se para assumir o escritório por alguns dias. Há duas entrevistas agendadas para amanhã. Um marido ciumento e uma repórter de jornal."

Levantei-me, enrolado no lençol:

"O que você está fazendo aqui? O que está acontecendo? Pare de agir como se fosse normal o fato de entrar sem avisar no meu quarto de hotel, em pleno Rio de Janeiro, no meio da tarde e, além de tudo, sem bater na porta!"

"Eu bati na porta. Mas você dorme ouvindo música. O que faria no meu lugar?"

"Não uso grampos, Dora. Nem canivete."

"Às vezes, nem o telefone."

"Desculpe. Eu sei que devia ter ligado, mas desmaiei de sono."

"Tudo bem não ligar pra mim. Mas para o Nelmo..."

"O Nelmo!"

"Fique tranquilo, eu já retirei a queixa. Você ainda tem muito a aprender, Bellini."

Ela estava falando igualzinho ao Irwin, e isso não era nada agradável. Fui para o banho. O chuveiro não conseguiu esfriar minha cabeça. Voltei para o quarto e Dora continuava fumando como um monge em estado de contemplação. De onde vinha tanta tranquilidade?

"Está mais calminho agora?", ela perguntou.

"Dora, você nunca saiu daquele escritório durante uma investigação. Nem mesmo quando fiquei preso na mansão daquela traficante ninfomaníaca você se dignou a tomar um táxi até o Ipiranga pra me salvar."

"Como era mesmo o nome dela?"

"Eliane, Regiane, Cristiane. Alguma coisa com ane."

"Adriane. Não vem não, você bem que gostou de ficar preso algumas horas com ela. A situação agora é diferente. Irwin telefonou-me pela manhã, informando-me dos fatos. Eu não perderia por nada a descoberta de um manuscrito inédito de Dashiell Hammett. Sou fã dele desde pequena. Meu pai já era um leitor de Hammett antes que eu soubesse ler."

"Teu pai, o ladrão?"

"Meu pai foi um grande tira, Bellini. Laércio Lobo é uma lenda ainda hoje para muitos policiais. Ele me ensinou tudo. Abrir portas com grampos, atirar com pistolas, ler Dashiell Hammett, pegar passarinhos com arapucas e dirigir automóveis..." Tive ímpetos de perguntar se seu pai ensinara-lhe também a transar com mulheres, mas tal pergunta me remeteria imediatamente ao olho da rua. Permaneci em silêncio, escutando: "... eu preciso estar presente quando o manuscrito for apresentado a Lucas Brown. Faço isso pelo velho Laércio. Ele não me perdoaria".

"Isso está me cheirando a desculpa."

"Desculpa de quê?"

Senti que seu bom humor já dava sinais de esgotamento.

Adoro irritá-la; é o tipo de coisa que me relaxa profundamente. Como uísque.

"Perdoe-me a franqueza, Dora, mas acho que você e Irwin estão apaixonados um pelo outro."

Sempre que eu tocava em assuntos como sexo e paixão numa conversa com Dora, sua reação era invariavelmente um muxoxo ou uma careta mal-humorada. Mas desta vez ela riu muito, e alto, como só mesmo uma pessoa apaixonada faria.

"Frango, você não sabe nada. Admiro Irwin como um grande detetive. Tenho até aprendido com ele, se você quer saber."

Tudo bem, eu estava um pouco enciumado, mas aquilo era inédito. Dora admitir que aprendia com alguém!

"Peraí", eu disse, "quer dizer que eu descubro tudo e na hora agá você me descarta assim, sem mais nem menos?"

"Bellini, você está no comando agora. É a primeira vez que isso acontece. Eu lhe confiro uma promoção e você diz que está sendo descartado?"

Por suas palavras parecia que comandar o escritório era uma tarefa digna de um Napoleão. Um marido ciumento e uma repórter de jornal certamente não seriam nenhuma Waterloo. Ao que tudo indicava, meu primeiro dia no comando prometia ser tão excitante quanto uma ida ao dentista.

Juntei minhas coisas, fiz a mala e fui com Dora até o quarto de Irwin. Seu aspecto melhorara um pouco desde a manhã. Os dois se cumprimentaram como velhos amigos. Talvez na idade de Dora o amor se resumisse a uma boa amizade. Era difícil para mim imaginar uma paixão sem sexo. Seria algo tão incompleto quanto uma fogueira sem fogo. Mas quem era eu para ficar analisando isso e aquilo? Eu fantasiava demais as coisas e, na hora agá, costumava... brochar. Ou ser descartado. Não havia dúvida, eu era um detetive medíocre. E era sempre o Lobo quem me indicava o caminho a ser trilhado.

Despedi-me e ansiei por encontrar uma encruzilhada onde o demônio estivesse à espera de uma alma a ser negociada.

De volta a São Paulo não encontrei encruzilhadas; até porque elas não existem a céu aberto. Também não percebi demônios entre os passageiros da ponte aérea. Só a garoa, salpicando a noite com a melancolia peculiar.

Meu apartamento estava exatamente como eu o deixara antes de viajar ao Rio. A vida de solteiro: quando se volta de viagem tudo está no mesmo lugar. Acionei Fats Domino no toca-discos e "Ain't that a shame" penetrou o silêncio sepulcral daquele lar. Lar?

Antes de dormir, pensei em Dora. Ela devia estar agora se divertindo com Irwin, arrancando-o da fossa; os dois trocariam histórias pitorescas em que a fina arte da detecção seria debatida e analisada. Tudo regado a água tônica, evidentemente. Eu, como um bom subdetetive, permanecia fora da festa, condenado à subserviência dos medíocres. Mas não aceitaria esse papel de reles doutor Watson que queriam me impingir.

Uma punheta me aliviou um pouco, mas tudo ainda estava por acontecer.

II
O diabo numa fonte

1.

Cheguei ao escritório às dez e meia da manhã, o que era iné-dito. Meu horário costumeiro era duas da tarde. Na antessala, uma moça sentada no sofá. Desviei os olhos e disse a Rita: "Venha à minha sala em cinco minutos."

Entrei na sala de Dora e minha primeira atitude como comandante da Agência Lobo de investigações particulares foi desalojar os discos de Paganini e substituí-los por alguns clássicos de Robert Jonhson, Muddy Waters e John Lee Hooker. Servi-me de uma dose de scotch ao som de "Manish boy".

"Que folia é essa?", perguntou Rita, metendo o rosto pela porta entreaberta.

"Não me recordo de você entrar sem bater quando o Lobo está no comando", respondi.

"Atende a moça. Ela está aqui desde as nove."

"Essa é a repórter?"

"Acho que sim. O marido ciumento é que não é."

"Manda entrar."

O uísque deixara-me bastante entusiasmado com a situação, envaidecido o suficiente para não enxergar nada que não fosse meu próprio ego inchado como um pastel de feira. Portanto demorei um tempo maior que o usual para notar que a moça em questão era... um tesão. Tudo bem, os peitos aparentavam ser de médios a pequenos, mas de seu corpo emanava um ar de liberdade selvagem, como um cavalo, não, como vários cavalos galopando numa praia deserta. Algo assim como um bom anúncio de absorventes íntimos: vulgar, eficaz e absolutamente erótico.

"Você é o detetive Lobo?"

"Não."

"Eu queria falar com ele. Só com ele."

"Impossível."

"Como assim?"

"Em primeiro lugar porque ele não é ele. O detetive Lobo é uma mulher. Além disso, ele não se encontra na cidade. Eu sou seu substituto, Remo Bellini."

A garota estendeu-me a mão:

"Prazer, Remo."

"Pode me chamar de Bellini."

"Meu nome é Olga Souza Lins, mas todo mundo me chama de Gala."

"Gala?"

"Acho que eu não conseguia pronunciar Olga quando era bebê. Virei Gala."

"Nenhuma relação com a mulher do Salvador Dalí?"

"Acho que não. Eu não conhecia o Salvador Dalí naquela época. Meus ídolos eram o Mickey e o Pateta."

"Sente-se, Gala."

Seus cabelos eram negros e curtos, o corpo ágil provavelmente frequentador de aparelhos de musculação. Mas nada muito exagerado. Vigor e suavidade nas medidas exatas. Solidez etérea, digamos assim. Determinação nos gestos e um detalhe fundamental: nenhum sorriso.

"Eu trabalho para o *Jornal do Itaim*, mas a ideia de vir até aqui é estritamente pessoal."

"Tudo bem. Sigilo é nossa especialidade. Não se preocupe."

"Quero evitar problemas."

"Eu também. O que a traz aqui, Gala?"

"Uma dúvida."

"É o que costuma trazer as pessoas aqui."

"Um assassinato."

"Assassinato? Você já procurou a polícia?"

"Estou aqui porque duvido da polícia", ela disse, firme como um soco.

"Espero que você não seja a assassina."

"O senhor é muito engraçado, mas eu não estou brincando."

"Pode me chamar de você. Senhor é muito sério."

"Tanto faz. Estou falando sério."

"Eu também. Quem foi assassinado?"

"Você lê jornal?"

"Todo dia."

"Então já sabe da morte de Sílvia Maldini."

Há silêncios que parecem chumbo. O que antecedeu minha resposta, por exemplo.

"Claro. Todo mundo sabe."

"Estou cobrindo o caso para o jornal. É minha primeira reportagem."

"Parabéns. Bebe alguma coisa?"

Eu precisava de um uísque, no mínimo.

"Café. Acontece que..."

"Um momento", interfonei a Rita e pedi um café. Caminhei até a estante em que Dora guardava suas garrafas. "Continue, por favor."

"Acontece que eu duvido da investigação. Tá tudo errado."

"O que é que está errado?", perguntei, enquanto vertia o precioso malte para o copo.

"Tudo. A investigação, as conclusões da perícia, a prisão do namorado, tudo, tudo."

"Isso não é novidade", concluí, e senti o líquido espesso esquentar-me o peito.

"Sou nova no negócio. Para mim isso é novidade. Acho que vou aceitar um uísque."

"Estamos começando a falar a mesma língua, Gala."

Interfonei novamente a Rita:

"Suspende o café e traz um pouco de gelo."

Esperei que ela trouxesse o gelo, preparei o drink de Gala e falei, após uma pausa teatral, típica de um advogado criminalista:

"E como posso ajudar?"

"Encontrando o verdadeiro culpado."

"Gala, eu teria o maior prazer do mundo em ajudar você. O problema é que nosso preço é assim... talvez um pouco caro demais para uma jornalista iniciante. Não por minha culpa, veja bem, eu também sou um empregado assalariado... além disso, um homicídio..."

Ela me interrompeu:

"Sem essa. Eu conheço a reputação do detetive Lobo, não vim aqui por acaso. Não se preocupe, quanto você quer de adiantamento?"

"Essa não é a questão. Só queria que você soubesse onde está se metendo."

"Bellini, meu avô está arcando com os custos dessa investigação. Ele só não veio comigo porque está na fazenda. Eu tenho carta branca."

"Você já almoçou?", perguntei.

"Meu avô está pagando o almoço também", ela disse, e sorriu pela primeira vez.

Almoçamos numa churrascaria tradicional, Boi na Brasa, inspirados pelo avô de Gala, criador de gado no interior de São Paulo.

Gala pediu picanha malpassada com Coca-Cola, eu pedi T-bone steak com chope.

T-bone steak me lembra T-bone Walker, e por essa razão não consigo pedir outra coisa quando vou a uma churrascaria. O blues estava deixando de ser uma mania para se tornar um vício.

"Minha dúvida é uma só", disse Gala, me trazendo de volta do T-bone Walker para o T-bone steak, "quem matou Sílvia Maldini?"

"Por que não o namorado? Ele não foi preso?"

"Tem muita coisa mal contada nessa história. Tem um bedel sumido."

"Por que você não começa do começo?", sugeri.

"A Sílvia era uma garota normal, dezessete anos, alguns namoros que nunca deram em nada, ouvinte de música, jogadora de vôlei, frequentadora de shoppings, costumava viajar para o litoral nas férias. Um belo dia, numa sexta-feira, ela pede ao professor de português pra ir ao banheiro. É a última aula e falta pouco pra tocar o sinal. Ele a autoriza e ela vai ao banheiro. Logo em seguida, toca o sinal e todos os alunos saem da classe com aquela urgência que caracteriza o final da última aula, ainda mais numa sexta-feira. Uma meia hora depois, uma faxineira entra no banheiro das mulheres e encontra a Sílvia morta com um tiro na cabeça, sentada na privada..." Gala deu um gole na Coca e o líquido fez barulho quando passou por sua garganta. "Chamam a polícia, a polícia faz perguntas pra todo mundo e conclui que ninguém viu nada e ninguém sabe nada. Pressionam um pouco e acabam descobrindo que a Sílvia namorava um carinha meio barra-pesada, o tal do Odilon. Ele é de família classe média baixa, ladrãozinho de toca-fitas, vende um bagulhinho de vez em quando, mora no Belenzinho e dificilmente poderia frequentar uma escola daquelas. Mas é bonito, descendente de gregos, e tem uma moto vistosa, grandona."

"Ele é motoqueiro?", perguntei.

Ela fez uma careta e eu descobri que "motoqueiro" devia ser uma palavra um tanto quanto ultrapassada.

"O pai dele é dono de uma oficina mecânica. O Odilon estava sempre com um carro ou uma moto diferente botando banca nas imediações do colégio Barão do Rio Negro. Em frente ao Rio Negro funciona uma outra escola, só para mulheres, o Sagrado Coração de Maria. Então aquele lugar é um paraíso para um aspirante a dom-juan como o Odilon."

"Foi assim que eles se conheceram?"

"Não sei exatamente. Parece que se conheceram em algum bar por aí e começaram um romance secreto. Na família dela ninguém sabia desse namoro. Mas a polícia não tinha motivo para incriminá-lo. Escarafuncharam mais um pouco e logo apareceu o motivo: Sílvia mantinha um outro romance secreto com o professor de português."

"Isso não está nos jornais", eu disse.

"Você não leu jornal hoje."

"É um furo?"

"Furo nada. A polícia informou a imprensa. Todos os jornais noticiaram. Os furos, nesse caso, são só os da polícia."

"Por quê?"

"Pra polícia é mais fácil resolver logo o crime. Jogam a sujeira pra baixo do tapete e vão atrás do óbvio."

"Na vida real", eu disse, "seguir o óbvio é o caminho mais sensato. O rapaz não foi visto nas imediações da escola? E ele não tinha uma arma carregada com balas do mesmo tipo da que matou a menina?"

"É verdade", ela disse, "descobriram que o Odilon andou rondando a escola naquela manhã e depois encontraram um Taurus 38 e munição na casa dele. Só que centenas de outras pessoas também passaram por ali e quem sabe quantas delas não terão armas e balas semelhantes às que foram usadas no crime? Você sabe quantas armas ilegais existem por aí?".

"Faço uma ideia", concordei, sentindo a presença da Beretta contra o peito, "mas eu não deduziria diferente. Temos a situação clássica: um suspeito, um motivo e uma oportunidade. Qual é a dúvida, Gala? Não seria melhor empregar o dinheiro do seu avô em algum passatempo menos mórbido?"

"Não encontraram resíduos de pólvora na mão do Odilon", ela disse.

"Qualquer assassino de bom senso usa luvas", afirmei.

"Se o Odilon é o assassino, como foi que entrou na escola sem que ninguém percebesse? Como ele sabia a hora certa de encontrar a Sílvia no banheiro feminino, e como conseguiu chegar lá sem ser notado? O Odilon é um gênio, conseguiu cometer o crime perfeito!", afirmou, irônica.

"O crime perfeito acontece com mais frequência do que você imagina."

"Não no colégio Barão do Rio Negro. Impossível um cara como o Odilon entrar lá sem ninguém perceber. A escola é cheia de inspetores, professores, porteiros... é uma escola tradicional, de disciplina rígida."

"E o professor de português?", perguntei.

"O nome dele é Mariano e tem um álibi incontestável: estava na classe dando aula enquanto Sílvia era assassinada."

"Ele não poderia ter dado uma passadinha no banheiro antes de ir embora?"

"Ele esteve acompanhado o tempo todo. Saiu da classe com alguns alunos, encontrou outros professores na sala dos professores e ainda deu carona para um deles. Em casa, almoçou com a mulher e os filhos."

"A mulher sabia do caso dele com Sílvia?"

"Sei lá. O tal do Mariano é mulherengo. Bonitão. A mulher faz o gênero vistas grossas."

Pedi café e a conta. O relógio indicava hora de ir embora. Havia um marido ciumento à minha espera.

"Aceito o caso."

Alguma coisa brilhou dentro dos olhos de Gala e ela continuou falando; talvez falar fosse uma maneira de demonstrar satisfação, mas eu não estava mais prestando atenção às suas palavras. Havia um detalhe me incomodando:

"Você disse algo sobre um bedel sumido?"

"O..."

A chegada da conta e dos cafés interrompeu o novo disparo de Gala, que tinha o fôlego de uma Uzi. Eu estava mesmo precisando de uma trégua:

"Passe no escritório amanhã cedo, às nove."

Foi difícil me sensibilizar com um marido ciumento depois das declarações de Gala. Segundo a teoria que identifica o homicídio como o filé mignon, o adultério não passa de feijão com arroz. O problema é que quando me acenam com um bife, dificilmente me lembro do acompanhamento. Então resolvi deixar a mulher de Isidro Sampaio (esse era o nome do sujeito) aos cuidados de um assistente, e o nome disponível encontrado na agenda por Rita foi Péricles, detetive já um tanto idoso, ex-tira, imbatível na arte de perseguir sem ser notado. No que me diz respeito, não trocaria toda a informática de Dwight Irwin pelos olhos cansados do velho Péricles.

Após os acertos com Péricles, feitos pelo telefone, pedi a Rita que localizasse o Lobo, pois um homicídio talvez demovesse a velha senhora de sua busca ao tempo perdido.

Não foi possível encontrá-la.

Aquela conversa mole sobre como o seu falecido pai tanto amava Dashiell Hammett não havia me convencido. Desde o começo eu desconfiara de Irwin e Dora. Com quantos romances secretos eu estava lidando, afinal?

Desci a avenida São Luís, comprei jornais, sentei-me a uma mesa no Café do Ponto e pedi um expresso duplo: era preciso colocar-me em dia com os acontecimentos do caso Sílvia Maldini.

2.

Na manhã seguinte, Antônio recebeu-me com escárnio:

"O que é isso? Um milagre?"

Ele se referia ao fato de eu adentrar o Luar de Agosto num horário recorde, oito e meia (é claro que eu já havia chegado lá em horas até mais matinais que essa, mas nas outras vezes estava indo para a cama, e não vindo dela).

"Não se deixe enganar pelas aparências. O verdadeiro milagre está invisível aos seus olhos."

"Não estou entendendo o seu papo. Você tomou alguma droga ou é sono mesmo?"

"É o contrário de sono, é excitação pura", respondi.

"Cocaína?"

"Homicídio."

Os olhos de Antônio brilharam, mas duas garotas lhe acenavam com aquele sinal da mão que diz: "a conta". Ele se encaminhou a contragosto até o balcão, olhando-me com uma cara de "não sai daí". Sentei-me a uma mesinha na calçada.

Ele voltou alguns minutos depois, trazendo o sanduíche de salame com queijo provolone.

"Cadê o chope?", perguntei.

"A esta hora?"

"Tem hora pra beber chope?"

"Me conta. Que homicídio é esse?"

"Depois do chope."

* * *

"Você está de sacanagem", disse Antônio, logo que lhe revelei o nome de Sílvia Maldini, "esse caso está resolvido. A menina transava com o professor de português, o namorado não gostou da história, foi até lá e...", apontou-me a mão direita em forma de pistola, "... pou!"

"Tem uma pessoa que duvida disso."

"Quem?"

Mostrei o jornal aberto em cima da mesa. A ponta do meu dedo indicador guiou os olhos de Antônio até o nome que assinava a matéria sobre o crime.

"Olga Lins?"

"Olga Lins", olhei para o relógio, eram 8h45. "Traz o café."

"Olga Lins? Quem é Olga Lins?", perguntou Dora do outro lado da linha. A ligação estava uma merda.

"Onde você está? O telefone tá horrível, liga de novo."

"É assim mesmo, não tem jeito. Estou falando da Taverna Eslava. A telefonia desta região não evoluiu muito desde Graham Bell."

"Cuidado com a língua de porco com batatas, mas não deixe de experimentar a Plzen Urquell. O que você está fazendo em Teresópolis?"

"Vim conhecer Américo Zapotek. Eu já estou bebendo a Plzen Urquell. Língua de porco nem pensar, mas adoro goulash. Quem é Olga Lins?"

"A repórter que tinha hora marcada ontem."

"E ela não acredita que o assassino...", a voz de Dora sumiu.

Gala estava me esperando na antessala e eu só não a havia

chamado antes porque Rita me passara a ligação de Dora assim que entrei no escritório. Interfonei a Rita:

"Manda a Gala entrar."

Gala cumprimentou-me com um beijinho no rosto. Aquilo me excitou bastante.

"Vamos trabalhar?", ela perguntou.

Eu estava adorando sua determinação. Tenho uma tendência terrível a sucumbir às mulheres determinadas. Lutei contra isso:

"Peraí. Vamos conversar um pouco. Sente-se."

"Por que você sempre pede pra eu me sentar quando quer falar alguma coisa? Prefiro ficar em pé."

Se ela continuasse falando daquele jeito, eu acabaria me ajoelhando aos seus pés.

"Calma. Você precisa fazer um cheque, são as normas da casa. Depois eu quero saber alguns detalhes que não estão nos jornais. Você ainda não me falou nada sobre o tal bedel."

Gala estava começando a preencher o cheque quando o telefone tocou.

"Rita, eu pedi pra você não me interromper."

"É ele."

"Ele" é um sinônimo de Lobo. Atendi.

"Dora?"

"Desculpe, frango, caiu a linha. A repórter não acredita que o namorado seja o assassino, é isso?"

"É. Ela está na minha frente, preenchendo o cheque. Estamos contratados para desvendar um homicídio. Quando você vem?"

"Eu não posso sair daqui. O caso é seu."

"Você pirou?", gritei, e Gala levantou os olhos do cheque me olhando espantada.

"Quem pirou foi você, falando isso na frente de um cliente", censurou Dora, "escuta, Irwin e eu estamos sendo maravilhosamente ciceroneados por Américo..."

"Um momento, Dora", tapei o bocal do telefone e dirigi-me a Gala: "Você faria o favor de entregar o cheque pra Rita?".

Logo que ela saiu da sala, voltei ao ataque:

"Você está me dizendo que vai trocar um homicídio por um prato de goulash?"

"Não seja infantil, Bellini. Já expliquei meus motivos. Isto aqui deve acabar em três dias. Eu avisei, você está no comando agora. Preciso desligar, entro em contato ama..."

A voz de Dora sumiu novamente. Acho que a minha também, mas não tive muito tempo para pensar nisso. Gala estava entrando na sala:

"E aí, dá pra trabalhar um pouco ou você vai ficar com essa cara de quem tomou um pé da namorada?"

Os jornais, a polícia e a opinião pública concordavam com a tese de que, ao descobrir o caso de Sílvia com o professor de português, o namorado foi até a escola e vingou-se dela da maneira com que traídos se vingam há séculos: tirando-lhe a vida. Faltava descobrir como Odilon havia entrado na escola e como fez para não ser notado. O ponto que intrigava Gala era que Jânio Menezes, o inspetor de alunos responsável pela vigilância do terceiro andar, onde se situava a classe de Sílvia, havia pedido demissão uma semana antes, quando concordara em esperar a contratação de um novo bedel para substituí-lo, mas abandonara o trabalho precipitadamente à véspera do crime. Como não havia ainda um substituto, os inspetores do segundo e do quarto andar foram incumbidos, em caráter provisório, de vigiar alternadamente o terceiro andar. Isso explica que não houvesse nenhum bedel a postos no momento em que Sílvia foi ao banheiro. Gala achava, e eu concordei, que essa era uma coincidência muito oportuna. Ela não entendia por que a polícia não se interessara por esse fato, nem por que não tentara localizar Jânio para prestar depoimento. Gala já havia checado o endereço de Jânio e vizinhos afirmaram que ele havia deixado a casa na noite anterior ao crime. Porém, foi difícil arrancar-lhes a informação, já que Jânio vivia num bairro, Jardim Prudência, onde, por sugestão do próprio nome, os habitantes preferiam ficar em silêncio.

Policiais sempre têm informantes nas ruas. Dora, ao contrário, tinha alguns informantes dentro da própria polícia. Iório era um deles. Ele tinha um carinho especial pelo Lobo, como um irmão mais velho.

Liguei para Iório atrás de uma informação que Gala não possuía e, eu tinha certeza, apesar de ela dizer que não, a polícia já sabia havia muito tempo: o nome do bar onde Sílvia e Odilon se conheceram.

"Você me dá meia hora e eu te ligo de volta", disse Iório, com seu sotaque italiano e entonação mal-humorada.

Gala e eu consumimos a meia hora checando alguns pormenores do caso.

Foi Rita quem transmitiu o recado de Iório, já que a pressa deste não lhe permitiu esperar a transferência da ligação: o bar não tinha nome, era um boteco, e localizava-se na esquina da alameda Itu com a rua da Consolação, muito frequentado por jovens devido à proximidade com uma badalada casa noturna, Desastre.

"Eu conheço a Desastre", surpreendeu-se Gala.

"Você frequenta a Desastre?"

"Eventualmente. Por quê?"

"Por nada", eu disse.

Descemos ao térreo pelo elevador lotado. Na avenida São Luís pegamos um táxi para o Jardim Prudência.

3.

Durante o percurso, a paisagem urbana se transformava à medida que o táxi se deslocava a oeste. As ruas pavimentadas e as construções sólidas das regiões centrais deram lugar a ruas mal calçadas, ocupadas assimetricamente por casas de arquitetura precária.

Perambulamos por ali. Percebi que repórteres não eram bem-vindos. Detetives menos ainda.

A casa de Jânio Menezes, de tijolos aparentes e laje de concreto, era pequena e estava fechada. Os vizinhos também estavam fechados.

Convidei Gala para uma cerveja numa padaria, acrescentando que seu avô não precisaria se preocupar, já que eu estava arcando com aquela despesa.

As cervejas acabaram abrindo nossos apetites e pedimos alguns sanduíches de mortadela, deliciosos por sinal. O segredo, segundo observei, era a margarina: vagabunda, quase rançosa, fantástica.

Enquanto comíamos, reparei que Gala devorava o sanduíche com uma fome respeitável; um sujeito aproximou-se e pediu um rabo de galo ao rapaz que servia ao balcão. Trinta e poucos anos, várias tatuagens espalhadas pelo braço musculoso. Uma delas chamou-me a atenção: o rosto de uma mulher num corpo de gavião de asas abertas, com a palavra Liberdade inscrita no peito.

Emborcou o rabo de galo e disparou, sem cerimônia:

"Procurando alguma coisa?"

"Alguma sugestão?"

"Depende."

Como se vê, uma conversa bastante clara e transparente.

"Depende de quê?"

"Do seu objetivo. Por exemplo, se você é cana, só pode estar procurando confusão. Se é um repórter, pode procurar o que quiser que não vai achar nada. Agora, se estiver procurando alegria, eu posso sugerir alguma coisa."

Então alegria era a palavra-chave.

"Não pode haver alegria quando alguém que te deve dinheiro some."

"Quem?", ele perguntou, e sua cara meteria medo até num carcereiro experiente.

"Jânio Menezes, o bedel."

Ele se dirigiu ao rapaz do balcão e pediu mais um rabo de galo. Gala e eu permanecemos em suspense; a tensão foi grande a ponto de acabar temporariamente com sua fome.

"Esse filho da puta deve pra todo mundo, foi por isso que sumiu. Se aparecer por aqui é um homem morto."

"Eu prefiro encontrá-lo vivo", afirmei, e o ambiente descontraiu-se o suficiente para Gala voltar ao sanduíche.

"Eu não sei onde ele está. Vocês se conheceram no colégio?"

Gala ia dizer sim, mas arrisquei:

"Não, na discoteca."

Ele sorriu, e reparei no gavião em seu braço retesando-se com uma contração dos músculos:

"Ah, estão atrás do êxtase."

Confesso que não entendi, apesar de concordar que a vida é uma busca constante e ilusória do êxtase. Estaríamos ali tratando com um traficante filósofo?

Gala:

"O Jânio fornecia êxtase para a Desastre?"

"Não. Eu fornecia. Ele só fazia a ponte."

Depois disso, ingeriu num gole o que restava do rabo de galo e colocou o copo vazio sobre o balcão.

"Em boca fechada não entra mosca", disse, e se despediu.

Se era mesmo um filósofo, devia pertencer a uma escola bastante realista, concluí.

Voltamos ao táxi que nos esperava a alguns metros da padaria.

Na minha adolescência jovens costumavam se drogar com maconha. Depois apareceu a cocaína. Mas foi preciso uma rápida aula de Gala para que eu entendesse que ecstasy era o nome de uma droga. Estávamos falando baixo, no caminho de volta, para que o teor da conversa não despertasse a curiosidade do motorista. Não pude evitar uma ereção quando Gala aproximou-se de meu ouvido e sussurrou:

"O ecstasy é uma droga que dá tesão."

Eu devia estar ficando velho, pois no meu tempo um garoto não precisava de nada além dos próprios hormônios para sentir tesão. Devia ser o tal sinal dos tempos. Ou o conflito de gerações.

"E você já experimentou isso?", perguntei, igualmente sussurrante, lânguido como um cachorrinho doméstico.

"Não é a minha vida que você é pago para investigar."

Bem lembrado.

Passei a tarde no escritório. Gala tinha compromissos profissionais e combinamos de nos encontrar às onze horas na Desastre.

Tentei algumas vezes localizar Dora, Irwin e Zapotek, mas não consegui encontrar ninguém.

A Desastre era um lugar estranho. O nome não era "Desastre", mas "This Ass Tree", o que era no mínimo infame. Havia uma fila em frente à porta e uma jovem de cabelos vermelhos e brinco no nariz escolhia quem podia entrar ou não.

Ao seu lado, um armário humano garantia que os barrados no baile não se revoltassem com isso.

Gala insistiu para que entrássemos na fila, mas eu disse: "Antes vamos checar o tal boteco na esquina. Não foi lá que Sílvia e Odilon se conheceram?"

Na verdade, eu estava adiando o momento de entrar na fila: algo me dizia que aquela mulher de brinco no nariz não me deixaria participar da festa.

"Deixa disso", insistiu Gala, "vamos pra fila."

Eu não sei dizer "não" a uma mulher. O problema é que elas sempre sabem como dizê-lo a mim. Fomos para a fila.

"Quais são os critérios?", perguntei, enquanto a fila se movia como uma cobra cansada.

"Que critérios, Bellini?"

"Os critérios que ela usa pra decidir se uma pessoa pode entrar ou não."

"Ah, não tem critério. É aleatório. Esse é o barato."

Para meu espanto fui admitido sem problemas. A garota sorriu pra mim, inclusive.

Lá dentro a música lembrava um prédio em construção: sons de serras elétricas e guindastes ao ritmo de um poderoso bate-estacas. Nada que lembrasse blues. Bem, as pessoas dançando também não eram exatamente colhedores de algodão do Mississippi.

Gala e eu dançamos um pouco, bebemos cerveja, mas não encontramos nada que aludisse ao crime. Resolvemos sair e visitar o tal boteco da esquina. Ali nos esperavam mais algumas cervejas, e só. Tentei fazer perguntas ao velho do balcão, mas ele disse, ríspido:

"O que eu sabia eu já falei. Vocês não desistem, não?".

Era comum que me confundissem com policiais, ainda mais num lugar como aquele, cheio de jovens saltitantes.

Voltamos à This Ass Tree.

"Que nome idiota é esse?", perguntei. "Essa árvore de cus?"

"*Ass* é cu ou é bunda?", perguntou Gala.

"Dá no mesmo", eu disse.

"A casa começou como boate gay, mas o som é muito bom e logo virou lugar da moda. Para homos e héteros", afirmou.

Estávamos dançando e nosso diálogo era gritado, para que pudéssemos ouvir um ao outro. Se aquilo era o que ela chamava de um "som muito bom", então havia algo que me diferenciava igualmente de homos e héteros. O que eu estava fazendo naquela merda de lugar, afinal?

Um sujeito incumbiu-se de lembrar-me o motivo:

"Bellini?"

Eu conhecia a figura e posso garantir que ali estava um peixe tão fora d'água quanto eu. Seu nome era Messias, e apesar da magnanimidade do nome, era um tira. Da pior espécie.

"Messias. Sempre aparecendo nos lugares mais inesperados."

"É a sina do nome", respondeu."Acompanha-me numa cerveja?"

Fiz um sinal a Gala para que me esperasse e aceitei o convite. Ela continuou dançando, visivelmente contrariada.

No balcão Messias pediu duas cervejas. Ele tinha lábios leporinos, que tentava esconder com um bigode ralo.

"Quem é a gatinha?", perguntou.

Odeio o termo gatinha.

"Uma amiga. Passatempo, só."

"Ah. Não sabia que você frequentava este lugar aqui. Dizem que é lugar de gay."

"É mesmo? Eu estou acompanhado de uma garota. E você?"

"Sem essa, Bellini. Estou trabalhando e você sabe disso. Será que você não está trabalhando também?"

"Trabalhando aqui? Estou fora, Messias. Só vim aqui porque a garota fez questão. Estou velho pra frequentar esse tipo de lugar."

"Mas não está velho pra sair com brotinhos."

Também não suporto brotinho. Messias sabia ser desagradável nos mínimos detalhes.

"Não. Pra isso ainda não."

Ele entortou a boca numa tentativa de sorriso cúmplice. Depois, bebeu um pouco da cerveja. Perguntei:

"Qual o trabalho?"

"Vou fingir que você não sabe. O assassinato da menina do colégio. Estou na equipe do Zanquetta."

"Pensei que vocês já tinham resolvido o caso."

"Mais ou menos. Ainda estamos checando algumas pistas."

"Por exemplo?", perguntei.

"Por exemplo nada. Você vai saber pelos jornais."

Encontrei Gala um tempo depois de despedir-me de Messias. Ela ainda dançava e seu rosto estava suado.

"Vamos embora daqui", falei.

"Já?"

Tive vontade de lamber seu suor:

"Já."

Estava claro que eu não tinha nada mais a fazer na árvore de cus. O lugar estava vigiado pela polícia e minha presença só poderia despertar a desconfiança do delegado Zanquetta. Minha experiência aconselhava-me a evitar embates com delegados responsáveis por elucidar homicídios. Expliquei tudo isso a Gala, enquanto tomávamos café num barzinho da rua Augusta.

"Amanhã você volta sozinha à árvore de cus e finge que está querendo comprar ecstasy. Vamos ver o que acontece."

"Pare de falar árvore de cus. Fale 'Desastre', como todo mundo."

"Não vamos perder tempo com semântica", eu disse, "estou mais interessado em outra coisa."

"No quê?"

Se eu tivesse respondido "no suorzinho que está escorrendo da sua testa", não estaria mentindo, mas meu envolvimento com Gala era puramente profissional e ela parecia fazer questão de que eu não me esquecesse disso.

"Quero que você me diga tudo o que sabe sobre a investigação da polícia. Suspeitos, colegas de classe de Sílvia, prováveis inimigos, família etc."

O que estava quebrando a cabeça da polícia, de Gala e agora também a minha era a falta de pistas que o crime apresentava. Se eu fosse uma dessas pessoas que acreditam em duendes, poderia jurar que Sílvia fora morta por um fantasma. Ninguém na escola percebeu nada de errado naquela manhã. Dos trinta e dois alunos da classe de Sílvia, vinte e oito encontravam-se na sala de aula no momento do crime. Dos quatro que ali não estavam, dois haviam faltado à escola: uma menina que havia machucado a perna e um rapaz que resolvera dormir até mais tarde. Outros dois rapazes encontravam-se no centro acadêmico, no andar térreo, acompanhados por alunos de outras turmas jogando xadrez.

Mariano, o professor de português, estava dando aula, assim como outros professores; os que não estavam encontravam-se na sala dos professores com funcionários. A mulher de Mariano, Ruth, também professora, no momento do crime dava aulas a alguns quilômetros dali, num outro colégio, o Santa Cruz.

A impressão que se tinha é que, enquanto as aulas transcorriam barulhentas dentro das salas de aula, Sílvia caminhou sozinha por um corredor silencioso até o banheiro, onde o assassino a esperava.

A família de Sílvia não acrescentava muito aos fatos: Válter Maldini, o pai, era engenheiro de uma empresa de construção e estava trabalhando no momento do crime, enquanto a mãe, Marina, dona de casa, praticava ioga no bairro de Pinheiros. A única irmã, Renata, de doze anos, preparava-se para ir ao mesmo colégio, onde cursava a sexta série, à tarde. A empregada da casa, Lourdes, lavava louça. Estavam todos profundamente abalados e era quase impossível falar-lhes, já que passavam a maior parte do tempo sedados e acompanhados de amigos e parentes.

Gala acabou me convencendo de que Jânio Menezes, o bedel desaparecido, era mesmo a pista crucial para a elucidação do caso. Mas a presença de Messias na árvore de cus talvez indicasse que a polícia também pensava assim.

Escolhi dois alvos. Eu investigaria um pouco mais o tal Mariano, pois um professor que se envolve sexualmente com alunos adolescentes sempre me parece um tipo suspeito. O outro alvo, é óbvio, era Jânio. Era preciso descobrir (de preferência antes da polícia) onde ele estava.

Desde que minha ex-mulher me abandonara, os bluesmen tinham sido minha mais constante companhia. É claro que eram apenas suas vozes que me acompanhavam e isso provara-se maravilhoso: quando ficava cansado de ouvi-los, desligava o aparelho.

Existiam outras vantagens nessa troca: bluesmen não reclamam da roupa jogada no chão, da falta de grana e da mania de dormir com o som ligado. Mas havia desvantagens: a ausência de uma vagina afável era a mais gritante delas.

Ainda me lembrava de Gertrud com um certo aperto no coração. A masturbação estava segurando as pontas, mas, cá entre nós, por mais belas e funcionais que sejam as mãos masculinas, nunca alcançarão a transcendência das bocetas.

Por essa razão até mesmo a masturbação começou a ficar sem graça. Foi o que deduzi depois de algumas tentativas insossas de alcançar o gozo por conta própria, naquela noite chuvosa. As imagens de Gala e de Sílvia confundiam-se com a de Gertrud e, em determinado momento, não sei por que, a imagem de minha avó intrometeu-se em meu harém imaginário, e tudo foi literalmente por água abaixo.

4.

No dia seguinte acordei cedo.

Fazia frio e foi difícil sair da cama. Peguei o walkman e corri ao Luar de Agosto: seis e meia da manhã.

Antônio continuava custando a acreditar em meus novos horários e, para ser sincero, eu também. Chequei os jornais do dia e alguns recortes do caso que trazia comigo, enquanto devorava o sanduíche e o café.

O dia não estava para um chope.

Observei a foto de Mariano, o professor de português. Gala se referira a ele como "bonitão", mas não foi essa minha impressão. Ele parecia um tio compreensivo, só isso. Devia ter uns quarenta e oito anos, cabelos ralos e grisalhos, e um rosto inteligente. Talvez o porte atlético justificasse a definição de Gala. Vi também as fotos dos pais de Sílvia no enterro. Mas era difícil discernir suas fisionomias, já que a dor muito forte transfigurara os rostos em caretas. Aquela imagem acabou com minha fome. Pedi um chope.

Cheguei ao colégio Barão do Rio Negro às 7h15. Na entrada principal da escola havia uma faixa protestando contra a "impunidade". Outra faixa, menor, dizia: "Sílvia, nós te amamos".

Não obtive permissão para entrar nas dependências do colégio, mesmo argumentando que era repórter de jornal, porque, segundo me explicaram, todos ali já estavam traumatizados o suficiente com a presença da polícia e da imprensa. A ordem da direção era de que não fosse autorizada a entrada de mais ninguém, a não ser com mandado judicial.

Perambulei um pouco pelas imediações, mas só encontrei cachorrinhos e velhas senhoras elegantes de guarda-chuva. Uma garoa fina afastava os pedestres da rua.

Às 9h30 liguei de um orelhão para Iório. Amealhei algumas informações sobre Mariano: endereço, placa do carro etc. Ele não tinha ficha na polícia, o que não me espantou.

Entrei numa padaria em busca de um café, enquanto checava mais algumas fotos no jornal. Odilon, algemado, era um tipo que se ajustava bem ao figurino de marginal: na foto, ele cobria o rosto com a camiseta. Coisa de profissional. Mas se era tão profissional a ponto de entrar numa escola e assassinar uma garota em pleno decorrer das aulas sem ser notado, por que razão se deixara prender tão facilmente?

Observei as fotos do enterro com mais atenção; além dos pais e familiares, podiam-se ver vários colegas chorando e se despedindo do caixão com gestos extremados. Um dos colegas de Sílvia tinha a orelha ornamentada por várias argolinhas. Ele parecia estar gritando.

À saída da escola, esperei minha presa dentro de um táxi estacionado na avenida Angélica. Choferes de táxi costumam gostar de perseguições, e esse, um varapau de bigode, não fugiu à regra.

Assim que o Gol cinza placa ZIT 1440 de Mariano deixou a vaga onde estava estacionado, colamos nele. A garoa deixava o trânsito mais lento, o que facilitava as coisas para nós. Seguimos o carro de Mariano até a avenida Liberdade. Lá, ele deixou o carro num estacionamento onde devia ser conhecido, pois cumprimentou o manobrista com alguma familiaridade.

Dispensei o táxi.

Mariano, carregando uma pasta, correu escapando da garoa até o cursinho Decisão, uma escola que prepara alunos para os vestibulares. Segui-o sem problemas.

Ele dirigiu-se à cantina, pediu alguma coisa à atendente e iniciou uma conversa com um grupo de alunos. Entre eles estava uma garota bonita, que obviamente recebia de nosso dom--juan os mais atenciosos sorrisos. Depois disso, Mariano devorou um sanduíche e um suco de laranja, provavelmente o seu almoço. Lembrei-me de que eu também estava com fome, mas isso ficaria pra depois, já que não queria me aproximar muito. Na minha profissão, quando você é reconhecido por alguém que está perseguindo, você falhou. E eu não podia falhar.

Da cantina, Mariano caminhou até a escadaria, galgou-a e entrou na sala dos professores. Fim da linha pra mim.

Fui até a secretaria, onde uma moça me informou que Mariano Loureiro Monserrat dava aulas ali cinco tardes por semana.

"Mas eu já disse isso pra vocês", ela avisou.

Saí sem agradecer, sempre me irrito quando me confundem com policiais.

Protegi-me da chuva sob um orelhão e liguei para Rita. Péricles queria encontrar-me à noite no Luar de Agosto.

"Ele tem novidades", disse ela.

"E o Lobo?"

"Nada."

"Gala?"

"Também não."

Abandonei a hospitalidade do orelhão e enfrentei a chuva à espera de um táxi. Esperei em vão. Eu já devia saber, não existem táxis vagos em dias de chuva em São Paulo. Caminhei até o metrô.

Dentro do trem, apertado, em pé e molhado, constatei que o walkman estava úmido e inutilizável por algum tempo. Era o meu bem mais precioso. Talvez o único. Aquele não estava sendo mesmo um dia muito produtivo. O problema era que eu não sabia muito bem o que procurar, nem onde.

Mas alguém sabia:

"Bellini!"

Não era uma coincidência, eu tinha certeza disso. Messias, o tira de lábios leporinos, estava ao meu lado naquele vagão lotado.

"Estação Trianon", avisou a voz eletrônica, antes que eu pudesse dizer qualquer coisa. Dirigi-me ao Messias:

"É aqui que eu desço."

"Eu também", ele disse, pegando-me pelo braço.

Eu não estava gostando nada daquilo.

Sentamo-nos a uma mesa dentro do Luar de Agosto, já que as mesinhas de fora haviam sido deslocadas da calçada por obra da chuva. Antônio não estava lá, pois trabalha apenas nos turnos da manhã e da noite. Estava com fome, mas dividir uma refeição com um idiota como Messias era uma confirmação de que o dia estava mesmo uma merda. Ele iniciou a conversa, depois de pedirmos dois filés altos e mal-passados com arroz à grega:

"Vamos falar a verdade, Bellini: estou seguindo você desde o colégio, eu o vi sair atrás do Mariano até o cursinho. Se era pra descobrir as escolas onde o cara leciona, podia ter me perguntado antes; não precisava apanhar toda essa chuva."

"Sem ironias, por favor, não estou de bom humor."

"Já reparei. Por onde anda a patroa?"

Definitivamente ele estava a fim de me irritar.

"Tirou férias."

"E pra quem você está trabalhando?", insistiu.

"Pra ninguém. Estou sem nada pra fazer e resolvi investigar o caso por conta própria. Se descobrir alguma coisa, eu mando um fax."

Ele riu.

"O Zanquetta não gosta de interferência."

"É mesmo?"

Dois pratos fumegantes interpuseram-se entre nós dois.

"Esse crime foi cometido por alguém muito esperto. A

prisão do Odilon é só uma isca pra confundir o verdadeiro assassino, mas não sei por quanto tempo conseguiremos manter o moleque preso. A prioridade agora é encontrar o Jânio Menezes."

Ele me olhou atentamente, medindo o impacto das revelações, mas fingi que não estava ligando e comecei a comer. A fome, entretanto, já tinha passado. Messias continuou:

"Se o Zanquetta descobrir que você está na parada, ele te esfola."

"Não brinca."

"Isso é tudo que você tem a dizer?"

"Não", respondi, percebendo que o sujeito estava perdendo a calma.

"E então?"

"Nada."

"Quem era a garota que estava com você ontem à noite?"

"Ninguém."

Messias levantou-se:

"Perdi a fome."

"Nem sempre se pode ganhar", eu disse.

"Perdi um amigo, também."

"Corta essa, Messias. Nunca fomos amigos."

"Mas também não éramos inimigos", disse, e saiu sem se despedir.

Não o censurei. Cravei o garfo no filé intocado de Messias e o transferi para o meu prato: a fome havia voltado com força dobrada.

5.

De casa liguei para Gala na redação do jornal:

"Mudança nos planos."

"Como assim?"

"Não dá pra explicar agora. Você pode sair daí?"

"Pra onde?"

"Pegue um táxi e encontre-me na esquina da Paulista com a Brigadeiro Luís Antônio em vinte minutos."

Desliguei. Troquei de roupa, abandonando as peças molhadas sobre o tapete. Nada como a vida de solteiro. Desci as escadas de dois em dois degraus e caminhei rapidamente pela avenida Paulista, certificando-me de que Messias não me seguia. Postei-me à esquina da Brigadeiro, observando capas de revistas expostas numa banca de jornais. A chuva amainara, mas o trânsito ainda estava lento e emaranhado. Olhei para o relógio: 15h47. Menos de dez minutos depois, um táxi branco estacionou ao meu lado e Gala abriu a porta de trás. Joguei-me ao seu lado e ordenei ao chofer:

"Jardim Prudência."

Contei a Gala que a polícia já sabia de Jânio e também de mim.

"E daí?", ela perguntou.

"Não há mais nada a fazer por aqui. A polícia está em cima."

"Você é um cara esquisito."

Concordei.

"E por que nós estamos indo pro Jardim Prudência?"

Notei pelo espelho retrovisor os olhos curiosos do chofer. Aproximei-me do ouvido de Gala:

"Talvez porque a Providência não nos tenha munido da prudência necessária."

"O rei do trocadilho."

"A polícia ainda não sabe onde o Jânio está. Precisamos encontrá-lo antes deles."

"Como?"

"Lembra do traficante tatuado?"

Eu ia continuar falando, mas ela pressionou de leve o dedo indicador contra meus lábios.

Meia hora depois chegamos ao Jardim Prudência. O táxi estacionou a alguns metros da padaria e pedi ao chofer que esperasse.

Caminhamos até a padaria, que se chamava São Francisco, e notei no letreiro o desenho do santo conversando com passarinhos. Entramos e pedimos dois cafés ao atendente. Não era o mesmo da outra vez. Gala estava inquieta, e eu disse que paciência era o único requisito essencial para a profissão que eu escolhera.

"Já na minha", disse ela, "a paciência é um defeito. Você anda muito cheio de 'ências'. Paciência, prudência, providência..."

Talvez estivesse certa, mas não comentei o fato.

"Essa é uma investigação criminal ou é uma reportagem, afinal de contas?", perguntei.

"Qual a diferença?"

"A diferença", expliquei, "é que arrancar informações de um traficante é um trabalho meio complicado. Se você ficar quietinha, observando, vai ser melhor."

"Tudo bem", ela disse, "mas 'ficar quietinha' não faz meu gênero."

"Eu sei. É por isso que gosto de você."

Contrariando seu gênero, ela silenciou, visivelmente lisonjeada. Um a zero pra mim.

Ao pedir a segunda rodada de cafés, perguntei ao balconista se ele conhecia o tatuado que frequentava as redondezas.

"O Fidalgo", respondeu.

As pessoas têm nomes inacreditáveis.

"E como eu o encontro?"

Ele apontou o queixo em direção à rua, onde alguns garotos de boné na cabeça escutavam rap num toca-discos portátil. Eram quatro e se pareciam com um grupo de rap. Disse a Gala que aguardasse e caminhei até eles.

"Preciso falar com o Fidalgo."

"Quem é você?", perguntou um garoto banguela. Devia ter uns quinze anos, no máximo, mas já sabia intimidar como gente grande.

"Um amigo dele. Estive aqui ontem perguntando pelo Jânio Menezes."

"Então é da polícia."

"O Fidalgo sabe que não."

"Dá um tempo", ele disse, e os quatro se embrenharam pelos labirintos do Jardim Prudência.

Fidalgo apareceu em cinco minutos. As mesmas tatuagens, a mesma barba por fazer e as mesmas roupas do dia anterior. Seu corpo transpirava suor azedo. Dava pra sentir o cheiro da cocaína.

"E aí?", perguntou, estendendo a mão para Gala.

"A gente tem que encontrar o Jânio", ela disse, enquanto retribuía o cumprimento.

Isso é porque tinha concordado em ficar quieta.

"Vocês e toda a polícia. O que foi que o filho da puta aprontou?"

Eu ia iniciar meu monólogo, mas Gala adiantou-se:

"Ele simplesmente sumiu do mapa bem no dia em que..."

Apressei-me em cortá-la antes que pusesse tudo a perder:

"... prometeu que arranjaria uma parada pra nós. Sabe quanto eu joguei na mão dele?"

Gala olhou-me com olhos arregalados e pediu cerveja ao balconista. Fidalgo aguardava impassível, prestando atenção:

"Dez mil."

Ele riu:

"É isso aí, mano. Ele lesou todo mundo. Lesou vocês, me lesou, lesou uma porrada de gente."

"Foda-se todo mundo", eu disse, "eu vou encontrar o Jânio e vou conseguir minha grana de volta."

"Nossa grana", corrigiu-me Gala.

Ela foi bastante convincente, mas eu continuava preferindo que não abrisse a boca.

"Mas não sei onde ele está", afirmou Fidalgo. "O homem vazou de repente."

"Você deve saber alguma coisa", insinuei.

"E por que eu contaria pra você o que eu sei? Se você descarregou dez mil na mão dele, o problema é seu."

"Vamos fazer um trato", propus.

Fidalgo ficou me olhando sem dizer nada. Continuei:

"Você me diz o que sabe e eu vou atrás do Jânio. Se eu o encontrar, dou pra você uma parte da grana."

"Não tem trato, mano. Eu não sei onde ele está. Se soubesse, já tinha ido até lá. Não quero a sua grana. Se você descobrir onde ele está, aí a gente faz um trato. Mas vai com calma. Além do bagulho o Jânio vende armas também. Ele gosta de usar os produtos que comercializa. Da próxima vez faça o negócio direto comigo, você já sabe o caminho. Com o Fidalgo não tem chabu."

Aquilo terminou nossa conversa. Adoro gente que se refere a si mesma na terceira pessoa. Voltamos para o táxi. Abri a porta dianteira e entrei, sentando-me ao lado do motorista, que fumava um cigarro. Gala entrou no banco de trás e deu um grito. Virei o rosto em sua direção. Havia uma menina deitada ao seu lado.

"Eu não tenho nada a ver com isso", disse o motorista. "Ela falou que conhecia vocês."

"Quem é você?", perguntou Gala.

"Sai fora daqui!", disse a menina para o motorista.

Ele botou o carro em movimento.

"Vocês querem que eu morra? Sai fora!"

Pegamos o trânsito do fim de tarde. Não havia mais sinais da chuva, exceto por algumas poças d'água que se espraiavam ao contato dos pneus. Escurecia e Gala estava bastante desconfiada:

"Ou você diz quem é, ou vamos direto pra polícia."

"Melhor levar pro juizado de menores", acrescentei.

"Você não trabalha no jornal?", a garota perguntou para Gala.

"Eu conheço você?", disse Gala.

"Não. Mas andei observando seu movimento por aí", ela levantou a parte superior do corpo, embora continuasse olhando desconfiada para a rua através da janela. Não tinha mais de treze anos de idade. "Vocês estavam contando uma história bem ridícula pro Fidalgo."

"Foi ideia do nosso amigo aqui", concordou simpaticamente Gala, apontando para mim.

"Escuta aqui, neném, você não me contratou? Quem é o detetive aqui? Você quase botou tudo a perder quando começou a falar sem minha autorização. Eu não pedi pra você ficar quietinha?", redargui.

"Eu não fico quietinha. Nunca", respondeu Gala.

"Parem com isso! Eu tenho um assunto sério", disse a menina.

"Quem é você, porra?", perguntou Gala.

"Meu nome é Estela. Sou namorada do Jânio."

"Namorada? Pensei que fosse filha", disse eu.

"Cuzão", disse Estela.

"O que você quer, Estela?", perguntou o motorista.

"Deixa que eu resolvo esse assunto, tá bom?", falei para ele.

Sujeito folgado.

"Qual é a sua, Estela?", perguntei. "Tá a fim de se explicar pro juiz de menores?"

"Cala a boca, cuzão. Meu papo é com ela", afirmou, virando o rosto para Gala. "Eu sei onde o Jânio está."

"Onde?", disse Gala.

"Aí é que tá. Quero uma grana."

"Quanto?", eu disse.

"Quinhentos."

"Quinhentos o quê?", insisti.

Estela dirigiu-se a Gala:

"Qual o problema desse cara, hein? Quinhentos reais, lógico."

"Aceita cheque?", eu disse.

"Só cash."

Paramos num caixa eletrônico na avenida Santo Amaro. Peguei o dinheiro. Voltei ao carro.

"E se você estiver mentindo?", perguntei para Estela.

"Dá logo o dinheiro pra ela", disse Gala.

"Primeiro diz onde ele está", afirmei.

"O Jânio está em Anápolis, em Goiás, numa casa perto do parque onde realizam a exposição agropecuária. É a casa de um tio, eu acho."

"Só isso?", perguntei.

"Só."

Dei o dinheiro para ela. Estela sorriu:

"Pode parar, motora. Fico aqui mesmo."

O táxi parou, Estela desceu e sumiu entre os pedestres.

O motorista deu a partida no carro.

"Dá um tempo", eu disse, e ele desligou o motor.

"Você acha que ela está falando a verdade?", perguntei a Gala.

"Acho."

"Por quê?"

"Porque sim."

"Tremenda resposta."

"Eu não tenho certeza", disse ela. "Mas não temos muitas opções, temos?"

"Não sei não", disse o motorista.

"Quem pediu a sua opinião?", perguntei.

Ficamos em silêncio por alguns segundos. Resolvi dar um crédito à intuição feminina, até porque não tinha outra alternativa. Desci do táxi e procurei um orelhão naquele trecho da avenida Santo Amaro, próximo ao monumento do bandeirante Borba Gato. Liguei para o escritório. Já passava de sete horas mas Rita ainda estava lá. Pedi que reservasse dois lugares em algum voo que partisse ainda naquela noite para Goiânia.

"O.K.", ela disse.

"E o Lobo?", perguntei.

"Nada."

"Você não acha estranho ela sumir assim, Rita?"

"Eu acho ótimo."

Desliguei.

Na avenida Paulista, antes de descer do táxi, combinei de ligar para Gala assim que soubesse do horário do voo. Fiquei na esquina com a Peixoto Gomide. Gala seguiu para o Sumaré, onde morava.

Tomei banho ao som de Howlin' Wolf: "Yeah, somebody is knocking on my door...".

O telefone tocou enquanto eu jogava algumas roupas na mala. Rita avisava que não havia mais vagas nos voos noturnos para Goiânia, mas reservara dois lugares num voo para Brasília que partia às onze e meia de Cumbica. Avisei Gala, fechei a mala e fui me encontrar com Péricles no Luar de Agosto.

6.

Tenho uma queda por detetives mais velhos. Por favor, não entendam como confissão secreta ou algo do gênero; é que simplesmente não se fazem mais detetives como antigamente.

Péricles tinha estilo. A maneira como manuseava o cigarro, os comentários que fazia a respeito de assuntos banais, como futebol ou órgãos genitais femininos, as risadas que dava das próprias piadas... tudo nele era só dele.

Péricles estava à minha espera saboreando um chope numa mesinha na calçada. Antônio apressou-se em tirar o meu chope assim que me viu chegar.

"Bellini", disse Péricles, "você tem ideia de quantos cornos eu já encontrei na minha vida profissional?"

Eis uma pergunta, pensei. Fiz um cálculo rápido: trinta anos de profissão são trezentos e sessenta meses, calculando mais ou menos uns três cornos por mês, o que não é muito, teremos algo em torno de mil e pouco.

"Uns mil."

"Pelo menos. O Isidro Sampaio é um corno único."

"Como assim?", perguntei.

"Antes, mais um chope."

O suspense fazia parte de seu estilo. Pedimos chope.

Quando Antônio trouxe os copos, Péricles convidou-o a ouvir a história também:

"O sujeito contrata um detetive pra seguir a mulher. Ela é bem interessante, gosta de andar com roupas insinuantes, coisa e tal. Logo descubro que tem um amante. Um não, dois, com os quais se encontra alternadamente, às vezes até na mesma tarde. Mas ambos são espertos, não se deixam flagrar. Um deles usa um chapéu que esconde o rosto. O outro já a está esperando dentro do quarto do motel; a moça da portaria só sabe dizer que é um sujeito barbudo, cuja identidade, eu chequei depois, é falsa. Tive poucas oportunidades de fazer fotos para comprovar ao marido o comportamento da esposa. Mas consegui algumas, e ao revelá-las..."

Péricles tirou um envelope do bolso e jogou algumas fotos sobre a mesa. Eram fotos em preto e branco, fora de foco, de uma mesma mulher acompanhada ora por um sujeito, ora por outro. Um usava chapéu e o outro era barbudo.

"Não vejo nada aqui que transforme Isidro num corno singular", eu disse.

"Nem eu", concordou Antônio.

"Detetives! Mais atenção!"

"Eu não sou detetive", disse Antônio.

"Pior, é garçom", retrucou Péricles. "Aposto que você tem um revólver, mas não tem uma lupa", agora ele olhava pra mim e eu tive de concordar. A Beretta estava na mala, para não despertar os alarmes dos detectores de metais do Aeroporto Internacional.

Nesse momento alguém chamou por Antônio e Péricles aproveitou o ensejo para tirar do bolso uma lupa de tamanho médio. Ri:

"Pensei que detetives com lupas só existissem em romances ingleses."

"Engano seu. Observe melhor essas fotos", disse, entregando-me a lupa.

Estudei mais detalhadamente as fisionomias dos sujeitos. Era importante que eu passasse por aquele teste. Alguns segundos silenciosos trouxeram-me à mente a imagem do próprio Isidro Sampaio quando me contratara para seguir sua mulher. Ele tinha uma pequena pinta um pouco abaixo da sobrancelha esquerda.

"O Isidro é um corno de si mesmo", eu disse.

"Não é incrível?"

Pedimos mais chope.

"Estranho; o homem precisa de um psicólogo e não de um detetive", concluí.

"Não necessariamente", redarguiu Péricles. "Talvez eles estejam só querendo fugir do tédio do casamento. Não dá pra julgar um marido e uma mulher."

Antônio concordou. Talvez me faltasse experiência para compreender comportamentos conjugais, mas ninguém pode me acusar de nunca ter tentado.

Despedi-me de Péricles congratulando-o pelo excelente trabalho. Pedi que telefonasse a Rita no dia seguinte para acertar os honorários, já que eu estava indo para Anápolis e não poderia tratar do assunto pessoalmente. Quando voltasse, teria de passar pelo absurdo de avisar Isidro Sampaio de que os amantes de sua mulher eram ele mesmo.

Antes que eu saísse do Luar, Péricles interpelou-me:

"Fique com isso", e deu-me a lupa, "eu tenho outras em casa".

No táxi, a caminho da casa de Gala, algumas ideias flutuaram por minha cabeça. Talvez Péricles e Irwin não fossem tão diferentes assim.

Lupas e computadores são meras ferramentas.

7.

"Fale-me do seu avô."

"Não se preocupe, ele tem muita grana. Meu avô deve ser o comunista mais rico do mundo. Você não corre o risco de não receber o seu cachê."

Gala e eu estávamos num avião da Transbrasil a caminho de Brasília. O uísque me deixara curioso a respeito do sujeito que estava bancando aquela festa toda.

"Detetive não recebe cachê, recebe honorário", eu disse.

"Pensei que honorário era coisa de advogado."

"Eu sou advogado."

"Você não tem cara de advogado."

"Isso é um elogio?"

"Só uma constatação."

"Eu me sinto elogiado."

"Imagino que sim."

"Você está desviando o assunto do avô comunista milionário", eu disse.

"Por que você acha que eu me chamo Olga?"

"É um nome bonito."

"Muito gentil, mas não é essa a razão. Meus pais me batizaram assim em homenagem a Olga Benário, uma comunista lendária, mulher do Luís Carlos Prestes, exterminada num campo de concentração na Alemanha nazista."

"Já ouvi falar. Então seus pais também são comunistas."

"Não é bem assim. Isso foi pra satisfazer a vontade do meu avô, que nunca teve uma filha a quem dar o nome de sua heroína."

"Finalmente o avô."

"Comecemos pelo pai dele, meu bisavô. Ele era um fazendeiro poderoso na região de Araçatuba. Criava gado, esbanjava dinheiro, era um típico capitalista escroto. Meu avô saiu diferente. Não gostava daquela ostentação toda. Tinha ideais contrários aos do pai e resolveu cair fora ainda bem moço. Viajou por meio mundo, formou-se em medicina no Rio, casou-se com uma carioca, conheceu uma realidade diferente daquela em que foi criado. Mas era filho único, sem contar os bastardos, e quando meu bisavô morreu, acabou herdando as terras e o gado. Tornou-se um fazendeiro diferente, implantando ideias socialistas na fazenda. Pra você ter uma ideia, ele botava outdoors do Che Guevara e do Fidel Castro no meio das pastagens. 'Hay que endurecerse pero sin perder la ternura jamás.' Eu cresci lendo e ouvindo esse tipo de coisa. Os peões sempre trabalharam em cooperativa. Nos tempos da ditadura ele chegou a colaborar com alguns grupos armados. E até hoje manda dinheiro pra Cuba e Angola, além de ajudar movimentos populares tipo os sem-terra e os sem-teto."

"Bastante contraditório."

"Nem um pouco, se você o conhece. O nome dele é Henrique Souza Lins. Henricão. Já ouviu falar?"

"Não estou muito por dentro do mundo agropecuário. Ele é amigo do Trajano Tendler?"

"Daquele almofadinha? Acho que não. O sonho do meu avô é que eu ganhe um prêmio internacional de jornalismo e fique famosa."

"Quem sabe, depois de desvendar o assassinato de Sílvia Maldini."

"Você e o Henricão têm algo em comum."

"Eu não sou comunista nem milionário."

"Mas é ingênuo. E idealista."

É sempre assim. Por mais que eu me esforce em parecer cínico e desapegado, mais se evidenciam minhas fragilidades. As mulheres sempre acabam descobrindo que sou ingênuo.

"Você deve ser a netinha predileta do Henricão."

"Sou a única. Fui criada por ele. Meus pais e minha avó morreram num acidente de carro quando eu era pequena. Eu estava no carro, nós íamos de São Paulo para a fazenda e de repente meu pai dormiu ao volante, ou se distraiu. Ninguém sabe direito como aconteceu. Sobrevivi por milagre."

"Terrível, isso."

"Nem tanto. Eu era muito pequena, não tinha noção das coisas. Não me lembro do acidente, nem de meus pais. Eles são apenas fotografias antigas. Não tenho saudades. Só uma melancolia, de vez em quando. Foi mais difícil pro meu avô. Ele perdeu o único filho, a nora e a esposa de uma vez só. Eu fui tudo o que restou pra ele. Ele diz que sou seu amuleto."

"E os pais da tua mãe?"

"São espanhóis. Minha mãe também era espanhola, María; ela nasceu em Barcelona. Não cheguei a conhecer pessoalmente meus avós maternos, só por carta. Mas planejo conhecê-los algum dia."

"Você nunca teve curiosidade de vê-los pessoalmente?"

"Claro que já, mas sinto que ainda não chegou a hora. É uma história complicada: meu pai tinha um espírito aventureiro, como o Henricão, e conheceu minha mãe numa viagem que fez à Índia. Eles eram meio hippies, se encontraram no ashram do Rajneesh, que era um guru que pregava o sexo livre, e, talvez por isso, logo depois que se conheceram minha mãe engravidou. Decidiram que eu nasceria no Brasil e vieram pra cá. Depois do acidente ainda recebi algumas cartas dos meus avós, mas com o tempo foram rareando. Acho que de certa maneira eles culpavam meu pai pela morte da minha mãe. Nunca se interessaram por mim, o que é bastante desumano no meu entender. Uns tios vieram uma vez, pra me conhecer e visitar o túmulo da minha mãe. Mas eles estavam mais preocupados com o túmulo do que comigo e eu me senti rejeitada. Com o tempo, perdi contato. Sobrei com o Henricão na fazenda. Às vezes me sinto como uma versão feminina do Mogli, o menino-lobo."

Tentei pedir um derradeiro uísque, para assimilar melhor a tragédia pessoal de Gala, mas a aeromoça já ordenava que se voltassem os encostos para a posição vertical, fechassem as mesinhas, apagassem os cigarros e apertassem os cintos de segurança.

Em Brasília eram duas horas da manhã e a temperatura era de catorze graus.

"Clima de deserto", disse Gala, "quente de dia, frio à noite."

Custou-nos algum tempo até que conseguíssemos alugar um carro. Apesar da morosidade do atendente, e da ineficácia do cartão de crédito de Gala, que estava meio amarrotado, conseguimos finalmente chegar à estrada para Anápolis, a BR 060, em plena madrugada, às três horas e quinze minutos. Eu ia ao volante, mas os uísques ingeridos no avião já se manisfetavam em bocejos e olhos vermelhos.

Coloquei uma fita de Lightnin' Hopkins no toca-fitas e "Morning blues" se espalhou pelo carro. Gala acendeu um baseado e um cheiro úmido de maconha também se fez sentir pelo ambiente.

"Você gosta disso?", perguntei.

Ela fez que sim com a cabeça, enquanto prendia a fumaça em sua adorável caixa torácica:

"Me acalma", disse, "você quer?"

"Não, obrigado. Me dá sono."

Concentrei-me na retidão hipnótica da estrada vazia e achei que Gala ia virar pro lado e dormir. Mas ela me abraçou pelo pescoço e enfiou a língua na minha orelha direita.

Ficamos um tempo brincando de desafiar a morte, nos beijando com o carro em movimento, até que uma estradinha de terra surgiu como uma aparição à nossa frente. Entramos por ela, rodamos alguns metros, estacionei ao lado de um barranco e desliguei os faróis.

Não sei quem tirou a roupa de quem, mas quando dei por mim, estava mergulhado em Gala até o osso. Não havia luz suficiente para deleites visuais, mas a sensação que eu tinha era a de que um enorme e cálido útero me acolhia de volta. Para sempre.

Em algum momento da festa desmaiamos exaustos. Lightnin' Hopkins ainda cantava e, se não me engano, a música era "Breakfast time". Havia no ar uma fragrância vaginal misturada ao cheiro da maconha, reconfortando cada célula dos meus pulmões.

Eu estava salvo.

8.

Alguém bateu no vidro da janela e o clarão de uma lanterna me ofuscou o olhar. Minha primeira reação foi procurar a Beretta no bolso, mas estava nu, deitado sobre Gala no banco de trás, e não fazia a menor ideia de onde estavam minhas roupas. Em seguida lembrei-me de que a arma estava na mala, trancada no porta-malas. Pulei para o banco da frente e improvisei rapidamente uma cobertura mínima para minha nudez, graças a uma flanela cor de laranja largada sobre o console. Desci alguns centímetros o vidro da janela e dirigi-me ao clarão, já que não conseguia enxergar quem estava por trás dele:

"Pois não?"

Não houve resposta, além do cricrilar dos grilos. Tirando a luz da lanterna, a escuridão era completa. Resolvi ligar o carro e dar o fora dali, mas ouvi uma voz masculina enquanto a luz da lanterna se apagava:

"Professor Tritêmio à sua disposição. Estão procurando alguma coisa?"

Ele se aproximou e estendeu-me a mão. Acendi a luz interna do carro. Não dava para enxergar direito, mas pude ver cabelos e barbas brancas. Retribuí o cumprimento um pouco constrangido, afinal de contas estava nu. Enquanto isso, Gala dava os primeiros sinais de vida no banco de trás:

"Hã?"

"Esse é o professor Tritêmio, Gala."

"Vistam-se, vistam-se", disse ele, virando-se de costas, "depois eu ajudo vocês."

"Nós não estamos propriamente precisando de ajuda", eu disse, enquanto recolhia as peças de roupa espalhadas pelo carro, "mas agradecemos de qualquer maneira. Estamos indo para Anápolis."

"Esta não é a estrada para Anápolis. Seguindo por aqui você vai dar no Parque Nacional", afirmou Tritêmio.

"Nós sabemos. Só paramos pra descansar um pouco."

"Não se preocupem. Eu entendo, eu entendo."

Gala não conseguiu conter uma risada.

"Vocês não querem tomar um café em casa? Fica aqui do lado."

"Não, obrigado", eu estava quase vestido, "nós estamos atrasados."

Procurei o relógio e o encontrei sob o banco do motorista. Eram quatro e meia da manhã. Gala estava vestindo o sutiã. Seus peitos eram dois pêssegos em calda.

"Vocês não estão com medo, estão?", ele continuava de costas.

"Não, imagina", respondeu Gala, "supernormal aparecer alguém assim, com uma lanterna na sua cara."

"Desculpe, mocinha. Eu sou apenas um velho e esquecido demonólogo."

"O quê?", ela perguntou.

Tritêmio girou o corpo e encarou-nos:

"Um demonólogo. Um estudioso do demônio."

Não preciso dizer o que me passou pela cabeça. Havia alguns dias eu estava rogando pela aparição de um demônio que me livrasse da condição de subdetetive, inspirado pelas lendas acerca do pacto de Robert Jonhson com o dito-cujo. Teria ele me escutado?

"O senhor é um demonólogo ou um demônio?", perguntei, aflito.

Ele riu. Gala também. Não entendi a piada.

"Não, não sou nenhum demônio. Teria muito medo se encontrasse algum. Sou um cientista do espírito, só isso. E não pensem que sou mais um desses charlatões que comandam seitas e negócios espúrios aqui em Brasília. Sou apenas um cientista. Brasília é um lugar tão bom quanto outro qualquer para estudar demônios."

Que estranha coincidência era aquela?

"O senhor conhece Robert Jonhson?", perguntei.

"É algum presidente norte-americano?"

"Não. É um músico de blues que fez um pacto com o demônio."

"Não, não, esse não. Mas conheço outro. O músico mais famoso que já se envolveu com o diabo: Niccolò Paganini."

Depois de tantos anos, eu descobria finalmente o que me ligava tão intimamente a Dora Lobo. Éramos igualmente fãs de dois gênios endiabrados.

Gala e eu aceitamos o convite de Tritêmio para tomar café. A casa ficava a uns duzentos metros dali. Era um rancho solitário na vastidão do cerrado, circundado por algumas árvores de porte médio. Ao lado da casa havia uma velha perua Veraneio cor de vinho estacionada. Ao descermos do carro, um enorme cão negro avançou latindo em nossa direção. Parecia o próprio Cérbero dando-nos as boas-vindas ao inferno. Gala recuou e perguntou ao professor:

"Ele morde?"

"Ela. É uma cadela. Morde nada, é a criatura mais bondosa do Universo", e dirigindo-se ao animal: "Ângela! Quieta!".

A casa era repleta de livros e papéis espalhados desordenadamente por todos os lados. Na sala, além da televisão e de um computador sobre a mesa, só estantes abarrotadas. Tritêmio afastou das cadeiras alguns papéis e disse:

"Sentem-se enquanto eu preparo o café."

"Você vive sozinho aqui?", perguntou Gala.

Ele respondeu da cozinha:

"Vivo com minha esposa. Somos professores de filosofia aposentados pela Universidade de Brasília."

"E onde ela está?", prosseguiu Gala, com a indiscrição característica dos repórteres. Ou dos detetives.

"Está passando uns dias na casa de nossa filha mais velha, em Goiânia. O que é isso, um interrogatório?"

Gala olhou pra mim e notei que se divertia.

"Sempre imaginei que demonólogos fossem sujeitos solitários", disse.

"Eu detesto a solidão", respondeu, "tenho medo de que os demônios venham tirar satisfações."

Tritêmio serviu o café acompanhado de biscoitos de maisena.

"Existem duas correntes na demonologia", disse. "Uma que acredita que o diabo é uma manifestação do espírito e outra que crê em sua presença material. Minha posição é neutra, pois procuro há tempos encontrar um demônio real e nunca consegui."

"Estranho", eu disse, "posso te apresentar vários deles."

"Não me refiro a esses demônios. Eu digo reais mesmo."

"Tipo com rabo e chifres?", perguntou Gala.

"Mais ou menos isso."

"Você se parece mais com um estudioso de anjos do que de demônios", disse ela.

Os olhos do velho se incandesceram:

"Essa é a questão. Essa é exatamente a questão! Pensem comigo: livros sobre anjos vendem milhões de exemplares pelo mundo afora, e no entanto esse mesmo mundo é nitidamente regido pelo demônio; agora imaginemos o contrário: um mundo regido por Deus, onde livros sobre o demônio vendessem milhões de cópias. Esse é o ponto aonde quero chegar."

"Vender milhões de livros?", perguntei.

"Não, não. Viver num mundo regido por Deus."

"Até aí, todos nós", eu disse, "mas não me parece que essa batalha entre Deus e o diabo terá um vencedor."

"Ah, um crédulo. Sabe quem você me lembra?"

Fiz que não com a cabeça.

"Paul Valéry. Conhece?"

"De nome."

Tritêmio caminhou até a estante e pegou um livro. Folheou-o com impaciência até encontrar a página que procurava. Leu em voz alta:

"'Eu creio que Deus existe e que o diabo também, mas em nós. O culto que devemos a essas divindades latentes não é outra coisa senão o respeito que devemos a nós mesmos, e eu o entendo assim: a busca do melhor para o nosso espírito, no sentido de suas aptidões naturais.' Você se identifica com isso, Bellini?"

"Totalmente."

"Você e Valéry são ingênuos! Cuidado, o diabo adora os ingênuos", disse, largando o livro sobre a mesa.

Assim como as mulheres, agora também os demonólogos se mostravam sensíveis à minha ingenuidade.

"E os pactos com o demônio?", perguntei, instigado por minhas próprias premências.

"Esse é um assunto que fascina os homens há milhares de anos", disse o velho, enquanto mergulhava um biscoito no café, "a ideia do pacto nasce da ânsia de conhecimento do ser humano. O homem, frustrado pela limitação de sua condição, busca ampliar o saber; a necessidade do saber é tão intensa que ele opta por trocar sua alma, ou seja, a essência humana, pelo saber ilimitado que transcende sua própria humanidade. A lenda do Fausto, que Goethe imortalizou, é o mais belo exemplo dessa metáfora."

"Você nunca quis fazer um pacto?", insisti.

"Já tentei, já tentei. Eu já tentei atrair o demônio de todas as maneiras imagináveis, mas ele nunca quis entrar em contato comigo. 'Se o ofício de Deus é perdoar, o de Satanás é tentar'. Isso é de Cousté. Bom, não?"

"Tritêmio", disse Gala, "bom é você. O diabo não vai se interessar por um cara tão bom."

"Acho que é isso. Só pode ser isso", disse ele.

Uma brisa fria, anunciando a manhã, lembrou-me de que não viajáramos até ali só para fazer sexo e conversar sobre demônios. Uma pena.

9.

Chegamos às imediações de Anápolis por volta de seis e meia, depois de passarmos por lugares de nomes estranhos, como Alexânia e Abadiânia.

O café e as conversas do demonólogo serviram para afugentar um pouco do cansaço, mas era inegável, Gala e eu estávamos exaustos. Evitamos falar sobre a trepada apesar de, além das olheiras, a satisfação estar irremediavelmente estampada em nossos rostos.

Ela disse de repente:

"É difícil ser tão bom assim na primeira vez. A gente encaixou."

Sorrimos, e não se precisou comentar mais nada a respeito.

Encontramos o tal parque agropecuário num bairro chamado São Joaquim. Bairro de periferia, com a mesma miséria de todos os bairros de periferia.

Estacionei o carro numa rua sem movimento e propus a Gala uma divisão de trabalho: percorreríamos a pé, separadamente, alguns quarteirões em busca de informações sobre Jânio. Em vinte minutos voltaríamos ao carro. Gala concordou, excitada com a possibilidade de conduzir alguma investigação por conta própria.

"Cuidado", alertei, "procure o endereço do Jânio, e só.

Não se meta a fazer nada além disso antes de me encontrar de volta."

Meus vinte minutos transcorreram absolutamente improdutivos. As ruas estavam vazias. Localizei um açougue, mas além de carnes não havia informações a respeito de Jânio Menezes. De volta ao local onde o carro estava estacionado, Gala me aguardava igualmente frustrada.

"Não encontrei ninguém na rua, você acredita?", ela disse.

"Acredito. Eu sempre acredito. Acreditei na Estela, por exemplo."

Entramos no carro e começamos a rodar a esmo. Alguns metros adiante, um mendigo que se preparava para dormir na calçada chamou-me a atenção, o que não foi difícil, conquanto era a única pessoa à vista. Banguela, tinha os cabelos emaranhados ao estilo "dread lock" dos cantores de reggae e parecia estar à beira de um *delirium tremens*:

"Você conhece um bedel que chegou de São Paulo, Jânio Menezes?", perguntei.

"O que é bedel?"

"Esquece. E um traficante, você conhece um traficante chamado Jânio?"

"Cê tá co'a loura?", ele perguntou.

"Loura? Estou atrás do Jânio Menezes."

"Então, a loura."

"A minha namorada é morena, não tá vendo?", eu disse, apontando para Gala ao meu lado, dentro do carro.

"Morena?", ele franziu a testa numa expressão de confusão, "o Zânio mora ali, ó", e apontou uma casinha a alguns metros de seu ninho de cobertores e trapos sujos.

"Naquela casa azul?"

"É. Azul."

"Tem certeza?"

"Claro. Eu tava co'ele agorinha mesmo. Tem um trocado, patrão?"

Lancei-lhe uma moeda.

Estacionei o carro em frente à casa azul, disse a Gala que me esperasse ali, com o que ela obviamente não concordou.

"Sou eu quem está pagando e você é quem dá ordens?", perguntou.

Em nome de nosso maravilhoso "encaixe", deixei por isso mesmo. Fechei o carro, abri o porta-malas e retirei a Beretta da mala. Toquei a campainha da casa azul. Nada. Toquei de novo. Nada. Abri o portão e caminhei os dois metros de terra batida que separavam o portão da porta. Bati na porta. Gala vigiava a calçada; a única pessoa à vista era o mendigo cabeludo, que agora estava deitado. Não houve resposta às batidas.

"Lugar esquisito", disse Gala.

Havia poucas casas vizinhas, mas ninguém na rua. Forcei o trinco da porta e ela não estava trancada. Abri-a. Gala estava curiosa e assustada:

"Você vai entrar?", sussurrou.

"Por que não?"

"Me espera."

Entramos.

Meus olhos demoraram-se a discernir alguma coisa na escuridão, já que as janelas estavam fechadas. A sala era pequena, havia uma televisão, um sofá de plástico verde, uma mesinha e um quadro a óleo de paisagem campestre. Tudo isso sobre uma imitação de tapete persa. Ouvia-se um som de rádio em algum cômodo. Era um programa matinal de música sertaneja. Caminhamos em silêncio, eu na frente. Gala estava nervosa e era quase possível escutar seu coração pulsando descontrolado. Passamos por um corredor com fotos ovais em preto e branco de casais retocados. A música foi aumentando de intensidade: "No rancho fundo, bem pra lá do fim do mundo...", cantavam duas vozes agudas e afinadas. O som vinha de um quarto cuja porta estava entreaberta. Empurrei-a. O corpo de um homem estendia-se sobre uma poça de sangue. Ouvi o grito de Gala e o som de seu corpo chocando-se contra a porta de madeira.

O homem devia ter uns vinte e cinco anos, tinha as calças arriadas e seu pescoço recebera dois tiros. Os furos eram pequenos, mas a nuca, por onde as balas provavelmente saíram, devia estar em pior estado. Preferi não olhar. A falta de pulsação só confirmou o que qualquer criança deduziria: ele estava morto. Pelo aspecto do corpo e coloração da pele não precisei de um médico-legista para saber que o sujeito morrera havia pouco. Documentos sobre a mesa de cabeceira confirmavam a identidade de Jânio Menezes. Ao lado dos documentos, algumas carreiras de cocaína esticadas num prato de louça cor de creme. Olhei para todos os lados, fotografando mentalmente a cena do crime. Lembrei-me de sugerir a Gala que não tocasse em nada, mas ela ainda estava encostada à porta com dois olhos esbugalhados, sem a menor intenção de movimentar-se. O rádio emitia a canção do rancho fundo e as calças arriadas de Jânio permitiam ver que excrementos esvaíram-se em grandes quantidades de seu corpo.

"Vamos embora", eu disse, e tive de ajudar Gala a encontrar o caminho para fora dali.

A rua continuava deserta, ou mais, pois o mendigo também havia desaparecido. Mas esses detalhes não estavam sequer sendo computados: eu só queria sumir dali o quanto antes.

Já estávamos na estrada quando Gala conseguiu balbuciar a primeira frase:

"Nós não vamos avisar a polícia?"

"Pra quê? Pra ter de explicar o que a gente está fazendo aqui?"

"Mas o cara está morto!"

"Por isso mesmo", eu disse, "não se preocupe, alguém vai encontrá-lo."

"Pra onde a gente está indo?", ela perguntou.

"Pra Brasília, pegar um voo de volta pra São Paulo. Lembre-se: nós não estivemos aqui."

"Por quê?"

"Porque isso só vai dificultar as coisas, além de garantir de vez a ira da polícia. O caso estaria acabado pra nós."

"Mas eu não posso perder um furo. Sou jornalista."

"O que interessa mais, noticiar em primeira mão o assassinato de Jânio ou aproveitar essa vantagem e tentar desvendar antes da polícia a conexão entre as duas mortes?"

"Segunda opção", e ficou quieta, pensando. "Os dois crimes têm alguma relação?", perguntou.

"Talvez. Se não investigarmos, nunca saberemos. Pelo aspecto da cena do crime, por exemplo, podemos concluir que não houve luta, portanto o assassino deve ser alguém das relações do Jânio. O fato de ele estar com as calças abaixadas também me parece bem estranho."

"Como assim?"

"Sei lá. Seria preciso investigar."

"E por que não começamos a investigar aqui mesmo?"

"Por dois motivos", respondi, "sendo o primeiro o mais forte dos dois: aqui, em vez de investigadores, teríamos boas chances de ser confundidos com suspeitos. Segundo motivo, se os crimes têm alguma relação, ela deve estar em São Paulo e não aqui."

"E o mendigo?", ela perguntou. "Ele disse que tinha estado havia pouco com o Jânio."

"Vamos deixar o caso com a polícia de Anápolis. Ficaremos atentos às notícias."

"Mas ele viu a gente."

"Mendigos bêbados não costumam ter muita credibilidade."

"Teve o açougue em que você perguntou."

"Fica calma. Por enquanto estaremos protegidos pela distância."

"Tem o Fidalgo. E a Estela", ela deu um grito agudo. "Preciso beber!"

Aquela não era uma má ideia. Paramos no acostamento para retirar de minha mala uma garrafa de Jim Beam.

"Jim Beam? Que chique", Gala afirmou, jocosa, com a garrafa do bourbon nas mãos.

"Abre logo essa merda", respondi, sentindo-me o mais previsível dos detetives.

Conseguimos vagas num voo que partia para São Paulo no começo da tarde. Compramos jornais e matamos tempo sentados na lanchonete do aeroporto.

Resolvi ligar para Rita. Pedi a ela que não comentasse com ninguém minha viagem a Anápolis.

"Eu avisei o Lobo", ela disse.

"Ela ligou?"

"Faz menos de uma hora. Contou que estava excitadíssima pois o editor americano, Lucas Brown, já está no Brasil. Estão todos no Copacabana Palace, tomando um", pequena pausa, "late breakfast, à espera do grande momento."

"Ela disse 'late breakfast'?"

"Um late breakfast em homenagem a Hammett, com direito a champanhe...", confirmou Rita, numa perfeita imitação de Dora.

Aquilo era afetação demais para o meu gosto. Despedimo-nos e desligamos.

Os jornais não acrescentavam novidades ao caso de Sílvia Maldini, a não ser o pedido de demissão de Mariano, prontamente aceito pela diretoria da escola. Estava claro que a polícia tentava descobrir o paradeiro de Jânio, mas escamoteava a informação da imprensa. Gala e eu igualmente escamotearíamos nossa preciosa informação tanto da imprensa quanto da polícia. Restava saber até quando, e que tipo de vantagem nos traria tal estratégia. Havia algo de profundamente satisfatório em saber de algo que ninguém — à exceção do próprio assassino — sabia.

Planejamos os próximos passos:

"Quantas pessoas sabem que você viajou pra cá?", perguntei.

"Só o meu avô."

"Liga pra ele contando tudo. Diga que ninguém mais deve saber que estivemos aqui."

"Ligo já. Ele não está na sede agora. Ele gosta de cavalgar pela manhã. Sai bem cedinho, antes do dia nascer, e só volta na hora do almoço. Quando estou na fazenda faço o passeio com ele."

"Já que você é uma netinha exemplar, escute aqui o que vai fazer assim que chegarmos a São Paulo", aproximei-me dela e expus meu plano.

Minha ideia era bastante objetiva: a polícia estava em cima do caso havia mais tempo que nós, com contingente mais numeroso e aparato mais sofisticado. Mesmo assim, continuava longe de encontrar uma solução plausível para o crime. Qual vantagem poderíamos ter em relação a Zanquetta e seus homens? Gala era mulher e aproveitaríamos esse fato fazendo com que tentasse arrancar informações confidenciais de Estela, de Ruth, da mãe e das amigas mais próximas de Sílvia. Só assim conseguiríamos acesso a alguma pista ainda não revelada à polícia. Quanto a mim, focalizaria minha atenção em dois marmanjos: Mariano, que ainda era um enigma, e Fidalgo, o traficante que parecia ainda ter alguns coelhos guardados na cartola.

Foi com esse plano que desembarcamos no aeroporto de Cumbica, em São Paulo, às duas e meia da tarde, depois de dormirmos por todo o trajeto. Antes que embarcássemos num táxi, lembrei-me de jogar os canhotos dos bilhetes aéreos no lixo.

10.

O edifício onde moro, Baronesa de Arary, é com certeza um dos mais antigos da avenida Paulista. Na minha infância frequentei o Grupo Escolar Rodrigues Alves, outro remanescente da antiga avenida, cujos ecos se percebem ainda em algumas poucas velhas mansões condenadas a virar estacionamentos ou modernos edifícios de bancos japoneses.

Será que algum dia também serei demolido?

Testei o walkman e constatei com satisfação que estava funcionando novamente. Uma chuvinha à toa não ia destruir assim um relacionamento tão sólido. Peguei algumas fitas, desci as escadas e parei o primeiro táxi que passou.

"Avenida Liberdade, cursinho Decisão."

Chegando ao Decisão fui até a secretaria. Uma moça me informou que Mariano Loureiro Monserrat estava dando aula no "segundo C".

"Eu já não falei isso pra você ontem mesmo?"

Lembrei-me dela. Era a mesma do dia anterior. Tanta coisa havia acontecido desde então, que parecia fazer um mês que eu a vira.

"É que hoje eu preciso falar com ele", eu disse.

"A última aula termina às seis."

Olhei para o relógio, eram 16h38.

"Eu espero."

"Você tá legal?", ela perguntou.

"Como assim?"

"Parece cansado. Quer uma água ou um café?"

"Um café."

Ela levantou-se da mesinha onde operava o computador, caminhou até um aparador e retirou de uma pilha um copinho de plástico branco.

"Com ou sem açúcar?"

"Sem."

Verteu de uma das duas garrafas térmicas o líquido fumegante para o copinho.

"Vocês devem ter muito trabalho quando investigam um crime", disse, enquanto me entregava o café.

"Não sou da polícia."

"Não?"

"Sou investigador particular", bebi o café de um gole e estendi a mão: "Bellini, ao seu dispor".

"Silmara", disse sorrindo, retribuindo o cumprimento, "ontem você saiu apressado."

"É que não gosto que me confundam com policiais. Mas você não tem culpa, sei que pareço um policial."

"Você parece policial de filme."

Lázaro, o ressuscitado, deu sinal de vida sob minhas calças. Lembrei-me de Gala. A trepada realmente havia me curado. A autoconfiança estava de volta. Silmara era bem interessante. E tinha peitos grandes.

"Você quer esperar pelo Mariano aqui?", ela perguntou.

"Se você não se importa."

Sentei-me numa cadeira e acionei Albert Collins no walkman.

Devo ter pegado no sono, acordei com um toque da mão de Silmara. Eram seis horas. Livrei-me do fone de ouvido e tentei readaptar-me ao mundo dos vivos.

"O Mariano está na sala dos professores", ela disse.

Caminhei até a sala dos professores e esperei do lado de fora, junto à escadaria. Mariano não demorou a sair. Ele carregava uma pasta de couro. Reparei em seu porte atlético e nos cabelos grisalhos desgrenhados. Havia altivez em sua silhueta.

"Professor?"

Ele me olhou com desapontamento:

"Polícia?"

"Nem polícia nem imprensa. Não se preocupe."

"Eu estou preocupado e acho que vou continuar assim por um bom tempo. Quem é você?"

"No momento, um advogado."

Mostrei-lhe minha carteira de filiação à Ordem dos Advogados do Brasil. Antes de examiná-la, ele olhou para os lados, constrangido. Fez um gesto para que eu o seguisse. Descemos um lance de escadas e paramos num corredor vazio.

"Quem você está representando?", perguntou, depois de passar os olhos rapidamente pela carteira.

"O diabo."

"Boa piada. Um pouco fora de hora, você não acha? O que você quer?"

"Conversar um pouco."

"Ligue para o meu advogado. Estou instruído a não falar com ninguém sobre o caso."

"Procedimento correto. A questão é que preciso falar com você e não com seu advogado."

"Pra quem você trabalha, afinal de contas?", ele perguntou, irritado.

"Pro diabo, já disse."

"Você deve estar me confundindo com o doutor Fausto. Além do mais, estou sem cabeça pra aguentar advogados engraçadinhos."

"Desculpe. Eu falo sério. Meu único interesse é resolver esse caso o mais rápido possível. Na verdade, trabalho como investigador privado. Não tenho a menor intenção de expor você ou ameaçá-lo. Digamos assim que nossos interesses convergem para um mesmo ponto. Quanto antes for descoberto o assassino de Sílvia, mais cedo você vai poder descansar. E eu também."

"Eu já perdi um emprego e talvez perca o outro. Minha vida está a um passo de ser arruinada e você ainda vem me falar em descanso?"

"Eu não me refiro a férias, Mariano. Estou falando da polícia e da imprensa largarem do seu pé. Nós dois sabemos que paira sobre você a suspeita de relacionamento sexual com menor de idade. Essa é uma das canas mais certas do Brasil. Dificilmente alguém vai preso neste país, você sabe muito bem. O sujeito pode matar, roubar, sequestrar, que sempre se dá um jeito. Agora, sedução de menores..."

"Desculpe, eu não posso te ajudar", ele disse, e fez menção de sair.

"Pela Sílvia", disse eu, antes que Mariano se afastasse. "Faça isso por ela."

Ele parou e me olhou por alguns instantes.

"Você está de carro?", perguntou.

Fiz que não com a cabeça.

"Vamos no meu", ele disse.

No balcão de um sushi bar na avenida Liberdade, chamado "O amigo japonês", bebíamos uísque Old Eight de uma garrafa que tinha no rótulo o nome de Mariano em caracteres japoneses.

"Nunca fiz amor com a Sílvia, entende? Era uma coisa platônica, conversávamos sobre Machado de Assis, Woody Allen, Caetano Veloso..."

"Você esteve aqui com ela?"

"Estive. Com ela e com muitas outras. Meu casamento não existe mais. É uma formalidade, entende? Ruth não quer a separação. Quer dizer, não queria. Agora ela quer."

Ele bebeu um longo gole do uísque.

"Você não tem ideia de quem cometeu esse crime?", perguntei.

"Eu soube pelos jornais desse namorado dela, o Odilon Seferis. Parece que o rapaz estava metido com drogas e roubo. Mas Sílvia nunca me falou que tinha um namorado."

"Como foi que a polícia descobriu o caso de vocês?"

"As amigas contaram. Mas pelo depoimento delas percebi que a Sílvia exagerava as dimensões de nosso envolvimento. Pra mim ela era mais amiga do que namorada. É provável que tenha contado às amigas coisas que só aconteceram em sua imaginação. Isso é comum na adolescência, eu acho."

"Vocês nunca fizeram amor? É verdade?"

"Juro. Nos beijamos algumas vezes, mas tudo muito romântico, sabe?", ele tomou mais um gole. "Eu pensava que ela era virgem."

"Ela nunca lhe falou nada sobre ameaças, medos, perigos?"

"Nós falávamos sobre cinema, música. Só bobagens."

"Música e cinema não são bobagens", afirmei.

"Por favor, não me diga que você é um detetive com pendores artísticos. Já estou tendo problemas demais."

"Ela não foi a única aluna que você namorou, foi?"

Mariano demorou um tempo para responder:

"Não. Já namorei outras."

"Namorou de verdade? Digo, com relação sexual?"

"Isso lhe interessa? É problema meu."

"Estou tentando encontrar uma pista que me leve ao assassino da Sílvia, Mariano. Entenda isso. A morte dela também é um problema seu. Você não acha que já tem problemas demais?"

Ele ficou em silêncio por alguns instantes. Depois, falou.

"Já transei com muitas garotas, menores e maiores. Eu não exijo certidão de nascimento no momento de fazer amor. Sou um homem passional, entende?"

"Eu acho que você é um homem bastante encrencado, isso sim."

"O que você quer saber? Já namorei várias alunas, com umas teve sexo, com outras não. Satisfeito?"

"Quase."

Eu não queria pressionar demais. Era preciso conduzir o interrogatório com diplomacia. Soltei a corda e deixei fluir conversas relaxantes sobre o tempo e o campeonato brasileiro de futebol. Ele torcia para o São Paulo, o que achei bastante previsível. Contei um pouco da minha vida, dando-lhe oportunidade de amaciar a garganta com uísque. Mas eu sentia que Mariano ainda tinha o que desabafar. Era uma questão de saber a hora certa de colher a informação madura. Só me restava uma dúvida e, quando percebi que era hora da colheita, colhi:

"Você já namorou alguma amiga da Sílvia?"

"Sabia que você ia perguntar isso alguma hora. Demorou, né?"

"Se você me responder a verdade, não tem problema se demorou ou não."

"Eu me abstive de responder essa pergunta à polícia. Foram instruções de meu advogado."

"Eu diria que seu advogado é bastante convencional."

"Claro, Bellini. Você é um advogado diferente, não é? Um advogado especial. Pena que um pouco infame no que se refere ao quesito piadas. Apresentar-se como advogado do diabo foi patético, pra não dizer ridículo."

"Nem tanto, se você pensar bem. Só quero convencê-lo de que o melhor que você tem a fazer é colaborar comigo. Sem restrições. Este não é um depoimento oficial. Ninguém vai saber da nossa conversa. O lema da minha empresa é 'sigilo absoluto'."

"Parabéns. Você devia escrever um livro de autoajuda. Eu transei com algumas amigas da Sílvia. Você sabe que ela jogava vôlei, e jogava muito bem por sinal. Eu era apaixonado pelo time de vôlei do Barão do Rio Negro. As meninas são todas muito graciosas e... entende? Algumas se envolveram comigo."

Calou-se de repente. Bebeu o uísque que restava no copo e olhou para o relógio. Disse:

"Acho que já falei demais. Isso é tudo. Preciso ir embora."

Despedimo-nos e ele fez questão de pagar a conta. Não o impedi.

11.

Cheguei em casa, cansado, poucos minutos antes das dez da noite. Larguei o walkman sobre a pia e lavei o rosto. Nem mesmo o blues parecia capaz de me revigorar. Na secretária eletrônica havia um recado de Gala, dizendo que esperava uma ligação minha na redação do jornal. Ela ficaria lá até as onze.

Liguei.

"A imprensa já sabe do assassinato do Jânio", disse Gala.

Nada como uma descarga de adrenalina para reanimar um morto-vivo.

"A polícia de Anápolis recebeu uma denúncia anônima pouco depois de sairmos de lá", ela completou.

Eu ia dizer alguma coisa, mas Gala se adiantou:

"Fique calmo, eles ainda não têm suspeitos."

Ainda.

"E nossas investigações?", perguntei.

"Fui até a casa da Sílvia. A mãe ficou me mostrando fotos da Sílvia recém-nascida, no aniversário de dois anos, na primeira comunhão, na formatura do primeiro grau. Perguntava 'ela não era uma gracinha?' e começava a chorar. Chorei também. Depois apareceu o pai, dopado de remédios, e disse: 'Respeite a nossa dor, vá embora'."

"E você?"

"Fui embora, ué. O que você faria no meu lugar?"

Ela não esperou minha resposta:

"Falei com a Ruth", prosseguiu; "ela está muito magoada com o marido, pediu o divórcio."

"Eu sei."

"Como?"

"Falei com o Mariano."

"Esse Mariano é uma besta, um típico cérebro de pica, se você me permite a expressão."

"Eu permito."

"A Ruth disse que sabia dos casos dele, mas acreditava que algum dia ele amadureceria. Desistiu."

"Com a Sílvia ele não teve nada muito sério."

"O que você quer dizer com sério?", ela perguntou.

"Trepar."

"Então é sério o que acontece entre nós dois?"

"Alguma dúvida?", perguntei.

Ouvi sua risada:

"Homens e mulheres pensam diferente; ele pode não ter transado com a Sílvia, mas talvez fosse apaixonado por ela... ou ela por ele."

"Isso não tem importância, Gala. Precisamos encontrar pistas. Ruth falou alguma coisa que pudesse ajudar?"

"Acho que não. E o Mariano?"

"Disse que Sílvia fazia parte do time de vôlei da escola e confessou ter transado com algumas das jogadoras, sem especificar exatamente quais. Mas não contou para a polícia. Vamos atrás disso."

"Vou dar uma olhada no que temos sobre o crime. Passo aí daqui a pouco."

Havia algo de energizante em seu tom de voz. Comecei a tecer fantasias improváveis: Gala e eu casados, desvendando crimes, ganhando dinheiro e passeando a cavalo nas férias. Remo Bellini, livre de Dora Lobo, do salário miserável, da kitchenette deprimente e da abstinência sexual forçada:

um homem feliz. Por que eu pensava tanto em casamento? A maioria dos sujeitos da minha idade devia invejar minha condição de solteiro, e no entanto eu vivia me flagrando com esses desejos bobos de galeto sonhador. A minha única experiência conjugal fora a mais desastrada possível, e ainda assim eu insistia com essa bobagem.

Gala chegou. Reparei que era mesmo linda, apesar de sua presença remeter a um rolo compressor. Não sei por quanto tempo conseguiria dar conta de toda aquela energia. Ela jogou um punhado de fotos sobre a mesa, passou-me uma delas e disse:

"O time de vôlei feminino do colégio Barão do Rio Negro. Completo."

Observei a fotografia. Um grupo de meninas sorridentes, um técnico e alguns auxiliares, em formação oficial. Não havia como recriminar Mariano, as meninas eram bastante desejáveis.

"Campeonato intercolegial, essa foto é do mês passado", prosseguiu Gala. "Agora olha essa."

Passou-me outra foto, com o time jogando. O fotógrafo posicionara-se ao lado do time adversário e o que se via eram três garotas em primeiro plano, junto à rede. Uma delas estava no ar, preparando-se para desferir uma cortada. Era Sílvia.

"Essa foto é muito boa; essas duas meninas", disse, apontando para as companheiras de rede de Sílvia, "eram suas amigas. Ana Maria Cavallaro e Clarice Muniz."

A foto era colorida e flagrava a ação com bastante nitidez. Reparei que os uniformes eram sensuais e os calções, bem justos. Ana Maria era ruiva e Clarice, morena. Sílvia era a mais bonita das três.

"Posso ficar com as fotos?", perguntei.

"Claro, trouxe pra você. Amanhã me encontro com Ana Maria e Clarice para um almoço informal no Jardim de Napoli. Elas estão excitadas com a possibilidade de saírem no jornal." Gala olhou para mim em silêncio, sorriu e disse: "Essa dupla promete".

"Ana Maria e Clarice?"

"Não, você e eu."

"Jantamos juntos?", perguntei.

"Agora?"

Beijei-a como resposta. E era uma negativa. Talvez eu devesse ter dito "mais tarde", mas as palavras realmente não estavam fazendo falta. Sem desgrudarmos os lábios, conduzi-a até a cama.

12.

No dia seguinte acordamos cedo. Eu já estava me acostumando a isso, mas não era de maneira nenhuma um costume agradável. Ingerimos o café da manhã no Luar de Agosto. Antônio ficou o tempo todo dirigindo-me seus detestáveis olhares cúmplices, como sempre fazia quando eu aparecia acompanhado de uma mulher.

A noite transcorrera tranquila, sem demonólogos inoportunos, mas alguns demônios apresentaram-se pessoalmente em sonhos. Entretanto, como não suporto que me contem sonhos, por achá-los invariavelmente maçantes, poupo-me aqui de narrar os meus próprios.

Liguei para Rita e ela me avisou que agendara um encontro com Isidro Sampaio ao final daquela manhã. Isso me dava tempo para uma visitinha amigável.

Gala e eu caminhamos até a avenida Nove de Julho, e despedimo-nos com um beijo na boca. Pegamos dois táxis. Ela foi para a redação do *Jornal do Itaim* e eu para o Jardim Prudência, levando comigo as fotos de Sílvia e suas amigas, para o caso de Fidalgo precisar de alguma coisa que lhe refrescasse a memória.

Apesar do trânsito e da fumaça, eu fruía um bem-estar.

Chegando ao Jardim Prudência, fiz tudo igual às outras

vezes em que ali estive: pedi ao táxi que esperasse, caminhei até a padaria São Francisco e disse ao rapaz do balcão:

"Eu queria falar com o Fidalgo."

"Impossível", respondeu, e reparei que sempre que eu ia lá havia um rapaz diferente me atendendo. "A polícia levou ele cedinho."

"Polícia?"

"É."

"O que houve?"

"Não sei."

"E a Estela?", perguntei.

"O que tem a Estela?"

"Onde eu a encontro?"

"Tá sumida. Faz dois dias que não aparece."

Voltei ao táxi, mas não sabia aonde ir.

Fui para o escritório.

Não dei sorte com o telefone. Iório, meu informante na polícia, não estava em casa nem no quarto DP, onde trabalhava. Gala também estava fora, "numa reportagem", como me informaram. Tentei ouvir música, mas não consegui me concentrar. Havia alguma coisa me preocupando, e não era só o fato de Gala e eu termos trepado sem camisinha. Nesse momento, Isidro Sampaio, o corno de si mesmo, chegou, dissipando um pouco de minhas preocupações. Foi com embaraço que lhe mostrei as fotos, explicando que seu teatrinho fora desvendado.

"Eu não faço julgamentos morais, senhor Sampaio. Se o senhor gosta de brincar de disfarces, por mim tudo bem."

"Isso nunca tinha acontecido antes... nós sempre enganamos a todos os detetives que contratamos..."

"Não se preocupe", eu disse, "não conto pra ninguém."

"O problema não é esse... sabe, minha mulher é que me obriga a isso... ela só consegue atingir o orgasmo sabendo que alguém está nos vigiando."

Ofereci um uísque ao sujeito.

"Sampaio", eu disse, "as mulheres são estranhas."

Voltei para casa na hora do almoço.

Pensei em comer alguma coisa no Luar de Agosto, mas desisti. A falta de uma refeição só poderia ajudar a eliminar duas indesejáveis protuberâncias gordurosas que alargavam minha cintura. Liguei para Gala, informaram-me que ela estava no "horário de almoço". Pensei em ir até o Jardim de Napoli, mas minha presença poderia estragar a conversa de Gala com as amigas de Sílvia. Fiquei com o blues.

John Lee Hooker estava cantando e eu olhava as fotos espalhadas sobre a cama quando a campainha tocou. Abri a porta. Dei de cara com Messias, o tira de lábios leporinos, acompanhado de um sujeito mais velho, cuja cabeça careca ostentava dois olhos azuis penetrantes e um nariz comprido e torto. Era Zanquetta, o delegado responsável pela elucidação do assassinato de Sílvia Maldini. Eles me acenavam respectivamente com um revólver e um mandado de prisão e busca, ambos apontados para o meu nariz. Zanquetta não era exatamente um modelo de simpatia e bons modos.

"Remo Bellini?", perguntou, adiantando o pé direito para o caso de eu querer fechar a porta. Um velho truque de tiras acostumados a essas visitinhas agradáveis.

"Qual é o problema?"

"Você está sendo preso por suspeita de homicídio qualificado", disse, e, virando-se para Messias: "Algema o homem".

"Hoje é primeiro de abril?", perguntei, "ou vocês estão trabalhando numa dessas firmas de telegramas animados?"

Foi um erro testar o humor de Zanquetta àquela hora da tarde: fui algemado e preso, e ainda tive de assistir a uma verdadeira devassa em minhas gavetas.

"Posso saber pela morte de quem estou sendo acusado?"

Estávamos dentro de um Opala negro, aquele tipo de carro que finge que não é da polícia mas todo mundo sabe que é.

Messias dirigia, com Zanquetta ao lado. Eu, algemado, ia no banco de trás.

"Sem gracinhas, detetive", disse Zanquetta, "vá chorar pro juiz. Comigo não."

Percebi pelo espelho retrovisor que os lábios leporinos de Messias separavam-se sob o bigodinho num sorriso idiota.

"Sem gracinhas digo eu", disse, "vocês sabem que não matei ninguém."

"Então o que estava fazendo ontem de manhã em Anápolis, na casa do Jânio Menezes?", perguntou Messias, e senti o que deve sentir o rato na ratoeira.

Não adiantou tentar explicar os fatos. Nem eles se preocuparam em me explicar nada. Reivindiquei meu direito de chamar um advogado, mas Zanquetta disse:

"Depois."

Me jogaram numa sala da Divisão de Homicídios usada como a cela especial a que eu tinha direito, uma regalia com que a lei contempla os portadores de diploma universitário. Finalmente o canudo mostrava alguma utilidade.

Dentro da sala, além de duas camas, pia, latrina, ventilador e TV, encontrei a companhia de um sujeito de mais ou menos cinquenta e cinco anos. Ele estava todo de branco, sapatos inclusive, e fumava um cigarro. Grisalho, tinha os cabelos ralos e uma pele macilenta e enrugada. Ficou contente com minha chegada.

"Não me fale qual é a sua profissão", disse, "deixa eu adivinhar."

Olhou-me fixamente:

"Advogado."

Ele devia estar carente de uma conversa, mas eu não estava disposto a brincar de joguinhos de adivinhação.

"É", grunhi.

"Eu sou médico, como você já deve ter notado. Adivinha por que eu estou aqui?"

Dei de ombros.

"Eutanásia. Você não acha injusto um homem ser preso por ajudar alguém a morrer?"

"Não me sinto em condições de fazer julgamentos, amigo. Perdoe-me."

Deitei-me na cama.

"Você está aqui por... não fala! Deixa eu adivinhar. Matou em legítima defesa um cliente que se enfureceu com os honorários que você estava querendo cobrar?"

Era o que me faltava, um companheiro de cela engraçadinho.

"Vê se te manca", eu disse.

Virei-me para a parede, fechei os olhos e tentei organizar os pensamentos. Quando se vai em cana, é preciso impor algum respeito.

Algumas horas depois, doutor Eutanásia roncava desbragadamente quando abriram a porta. Era Iório. Pulei da cama.

"Já avisei a Rita e ela está tentando entrar em contato com o Lobo", disse ele.

"Obrigado, Iório, eu..."

"Não por isso", ele disse, "sente-se."

Sentamo-nos na cama. Ele pousou a mão em meu joelho e perguntou:

"Por que você não avisou a polícia que tinha encontrado um cadáver?"

"Eu seria colocado pra escanteio."

"E foi do mesmo jeito. Além disso, conseguiu uma acusação."

"Eles não podem acreditar nisso. Que motivo eu teria para matar o bedel?"

"O Zanquetta sabe que você não matou o Jânio e que o Odilon Seferis não matou a garota. Mas tentará mantê-los presos até encontrar alguma pista, já que não tem nenhuma. Suspeitos engaiolados acalmam a imprensa e as autoridades, você sabe disso."

"Quem me delatou? O mendigo?"

"Mendigo nenhum. Foi o traficante tatuado, Visconde."

"Fidalgo?"

"Fidalgo, Visconde, tanto faz. Um belo filho da puta. Ele e o Jânio mantinham um negócio de vendas de armas, munição e drogas no varejo. Sua clientela era basicamente formada de jovens de classe média. Passavam ecstasy, cocaína e maconha, nada de crack. Hoje em dia só se fala em crack na polícia, então o Fidalgo e o Jânio passaram meio despercebidos e conseguiram fazer um baita movimento. Vendiam em escolas, boates e outros lugares frequentados por jovens. Além das drogas, eles estavam passando uma partida de Taurus 38, que conseguiram numa transação com a polícia. O Odilon foi um dos que compraram armas e munição do Jânio. Acontece que Jânio começou a trapacear o Fidalgo, os dois acabaram se desentendendo, brigaram e terminaram a sociedade. O Jânio se mandou porque devia grana pra todo mundo. Quando Zanquetta soube do assassinato de Jânio, correu até o Fidalgo e apertou ele de jeito. Até então o homem não estava cooperando, mas quando Zanquetta o ameaçou com uns duzentos anos de prisão, entregou o serviço, dizendo que você andou procurando pelo Jânio no Jardim Prudência. Estela, a namorada do Jânio, forneceu o dado que faltava: Anápolis. Depois, foi só encontrar os rastros que você deixou pelo caminho. Parece que um açougueiro reconheceu tua foto", Iório olhou-me com ironia. "Açougueiro, Bellini? O que você estava fazendo num açougue em Anápolis, às sete horas da manhã?"

"Trabalhando."

"Pra quem? Procon?"

Ele riu, mas eu não estava muito receptivo a piadas.

"Vá tomar no cu, Iório. E a garota?", perguntei, referindo-me a Gala.

"Está recolhida numa unidade da Febem. Foi pega com crack na praça da República. Gente fina. Mas o juiz não deixa ninguém chegar perto. Direitos humanos, essa porra toda. O

Zanquetta só conseguiu a informação porque tem um canário na Febem."

"Não essa garota. A que estava comigo."

"O Zanquetta não me falou de garota nenhuma, além da Estela. O que você anda aprontando, Bellini? Garotas, mendigos, açougueiros... Dora sabe de tudo isso?"

"Dora está passeando pelos bosques, ingerindo 'late breakfasts' e namorando um detetive americano."

"Namorando?"

"Deixa pra lá; eu estou ferrado."

"Que garota é essa?"

"Já que o Zanquetta não falou nada sobre uma garota, melhor esquecê-la."

"Por mim eu esquecia até de você."

"Você é um amor. O Zanquetta acredita que o Jânio provavelmente vendeu a arma do crime ao assassino de Sílvia, certo?"

"Assim me parece."

"O que leva a crer que o assassinato de Jânio foi uma queima de arquivo", afirmei.

"Acho que sim, sei lá. Eu não estou investigando esse crime, porra."

"O que não se explica", prossegui, "é por que alguém premeditaria a morte da Sílvia."

Minha afirmação não teve eco, Iório não estava mais prestando atenção. Ele olhou para o relógio e levantou-se da cama:

"Já passa das cinco, preciso ir. Já me meti mais do que devia nessa merda. Se aquela mula do Messias me pega aqui, estamos fodidos. Aproveite a cama, coloque o sono em dia. A comida não é lá essas coisas. Vou encontrar o Lobo, não se preocupe."

Eu estava louco para lhe pedir que avisasse Gala, mas achei mais gentil da minha parte não atiçar suspeitas sobre ela. Despedi-me e segui seu conselho quanto a botar o sono em dia.

Dormi o resto da tarde, a noite inteira e uma boa parte da manhã. Acordei bem-disposto e faminto. A experiência do cárcere revelava-se ótima sonoterapia. Doutor Eutanásia já estava acordado, lendo jornal na cama.

"Bom dia", ele disse.

"Bom dia."

"Vejo que o seu humor melhorou."

"Nada como uma boa noite de sono", concordei.

"Meu nome é Filinto", levantou-se da cama e estendeu-me a mão. "Pedi pro carcereiro trazer uns pãezinhos pra gente."

O café foi servido pelo carcereiro, um mulato gordo e efeminado.

Após o "late breakfast", pedi o jornal emprestado ao Filinto. Fui direto à página policial e encontrei o que se pode chamar de uma notícia desagradável:

"Detetive paulista suspeito de assassinato. O detetive Remo Bellini, da Agência Lobo de detetives, foi preso ontem..."

Parei por aí. Merda. O que meus pais pensariam disso? Meu pai nunca aceitou o fato de eu ter abandonado o direito pela carreira de detetive. Por conta disso não nos falávamos havia anos. O carcereiro entrou na sala interrompendo minhas reminiscências:

"Remo Bellini?"

"Pois não?"

"Vamos."

Por um momento pensei que Zanquetta me apresentaria um mandado de transferência para um presídio de segurança máxima.

"Vamos pra onde?"

"Pra rua, o advogado conseguiu a soltura."

"Advogado? Que advogado?"

"O seu."

"Eu não tenho advogado."

"Tem sim."

O carcereiro acompanhou-me até a mesa de Zanquetta, que estava com a cara amarrada, analisando o mandado de soltura. De pé, ao lado da mesa, Messias me lançava um olhar entre o irônico e o ameaçador. Foi quando percebi a presença do meu advogado e por pouco não fui fulminado por um enfarte agudo:

"Vamos, filho", ele disse, e não havia dúvidas, aquele era Túlio Bellini, meu pai.

13.

Não quero aqui me estender em questões familiares, mas para que se tenha uma ideia, eu já perdera a conta de quantos anos haviam transcorrido desde que meu pai e eu trocáramos palavras pela última vez. E mesmo essas estavam longe de expressar algum carinho. Que eu me lembre, nosso derradeiro diálogo encerrara-se com uma frase proferida por um Túlio Bellini colérico: "Ponha-se daqui para fora, e aceite a compensação de que enquanto você perde um pai, eu perco mais um filho!". A referência a Rômulo, meu irmão gêmeo morto aos dois dias de vida, não podia ter faltado. Tudo muito dramático, como convinha a um pernóstico "grande" criminalista que nunca se conformou com minha recusa em satisfazer suas expectativas ególatras. Mas o tempo sabe como fechar feridas, e às vezes até como cicatrizá-las de modo imperceptível. Meu pai, reparei ali, era um homem velho e cansado, cuja empáfia dera lugar a uma resignada compreensão.

Pegamos um táxi na avenida Ipiranga e sem muitas palavras fomos até seu escritório na avenida Brigadeiro Luís Antônio.

"Foi um choque ler no jornal a notícia de sua prisão. Eu tomava o café da manhã e de repente deparei com o seu nome ali, naquela situação terrível. Não deixei que sua mãe lesse a notícia. Tenho algumas certezas na vida, Remo, e duas delas são que você não é um assassino e eu não me chamo Túlio Bellini se não conseguir tirar um filho meu da cadeia em menos de duas horas."

A vaidade continuava intocada, antiga como tudo naquele escritório. Dona Helga, a velha secretária, entrou na sala trazendo duas xícaras de café, e seus olhos normalmente assustados estavam mais apreensivos do que nunca. Meu pai sorriu:

"Acalme-se, Helga. Hoje não vai ter barulho."

Ela continuou desconfiada; acho que sua condição de testemunha de muitas de nossas brigas legitimava qualquer desconfiança.

"A sua prisão foi uma aberração jurídica", prosseguiu ele, "corri para o Fórum e consegui uma liminar em poucos minutos. Não se preocupe, a acusação desse Zanquetta é totalmente insustentável. Não é dessa vez que você vai para o xadrez, eu garanto."

"Obrigado, pai."

"Não vamos nos desabar em sentimentalismos", disse ele. "Fale-me sobre o caso em que está trabalhando."

Túlio Bellini limitou-se a ouvir, mas tive impressão de que perscrutava meus pensamentos em vez de escutar-me as palavras. Contei tudo e, do pouco que ouviu, pareceu mais interessado na história do manuscrito de Hammett do que no assassinato de Sílvia Maldini. Devia ser algo relacionado à idade.

Dona Helga entrou de repente anunciando que já era hora dele ir embora. Papai abriu os olhos e tive certeza de que dormira algumas vezes enquanto eu falava.

Túlio Bellini estava definitivamente alquebrado.

"Desculpe, filho, mas temos um jantar esta noite em casa do desembargador Medeiros. Não posso deixar de comparecer... você janta conosco amanhã?"

Imaginei tantas vezes como seria nossa reconciliação e

nunca poderia supor que seria tão simples. Nem tão melancólica. A vida é estranha.

"Claro, pai. A que horas?"

"Oito e meia, como sempre", ele disse.

"Posso ficar aqui mais um pouco?", perguntei.

"A casa é sua."

"Tranque a porta quando sair e deixe a chave com o zelador, doutor Remo", disse Helga, assustada como sempre.

Ela parecia ter uns cem anos, pelo menos.

Procurei a caixa de charutos dentro da terceira gaveta da escrivaninha, e ali estava ela, intacta como todo o resto. Montecristos especiais número 2. Retirei um dos havanas, inspirei-lhe o aroma úmido e reconfortante e acendi-o. Estiquei as pernas sobre o tampo da escrivaninha e contemplei os livros na estante enquanto baforava. Voltei muitos anos no tempo, quando era um jovem e idealista advogado recém-formado, recém-casado e recém-contratado como assistente de meu próprio pai, a temida raposa dos tribunais de São Paulo. De lá pra cá, perdi a juventude, o idealismo, a carreira e o casamento. Constatei que a raposa também perdera muito da sua capacidade de atemorizar. Mas os livros continuavam ali, como testemunhas silenciosas. Lá estavam o *Dicionário de mitologia grega e romana*, o *Código penal*, a *Bíblia*, a *Enciclopédia britânica*, os *Atos impulsivos*, a *Divina comédia*, a *Declaração universal dos direitos do homem*, os *Estudos de criminalística comparada*, e... algo me chamou a atenção. Levantei-me e aproximei-me da estante. *Compendium maleficarum* de Francesco Maria Guazzo. Ali estava um livro do qual eu não me lembrava.

Folheei-o.

"Os noviços devem firmar com o demônio, ou com algum feiticeiro ou mago que o substitua, um contrato formal pelo qual, na presença de testemunhas, são incorporados ao serviço de Satã..."

Fechei o livro e devolvi-o à estante. Nunca imaginei que meu pai se interessasse por satanismo. Lembrei-me de Tritêmio. Tê-lo encontrado teria sido coincidência?

Senti-me estranho. O escritório estava vazio e tive medo, como quando criança, naquele mesmo lugar. Ao lado do *Compendium* havia um outro livro, mais antigo. *Sabbath* não trazia o nome do autor. Parecia mais um tratado esotérico do que propriamente um estudo científico. Agora eu estava mais curioso do que assustado. Abri o livro numa página marcada com uma adaga de prata:

"... uma palavra sobre os estigmas: eram pequenas marcas não maiores que um lunar, em forma de forquilha ou meia-lua; as mulheres eram marcadas nas proximidades da vagina – preferentemente no lado interno das coxas – ou junto a um dos mamilos; nos homens não havia tal especificidade erótica. Bodin, De l'Ancre e a maior parte dos juízes da época coincidem em uma afirmação assombrosa: tal estigma ficava absoluta e permanentemente anestesiado, e a prova que denunciava suas vítimas era a ausência de dor quando tais pontos eram picados com agulhas ou submetidos à ação de ferro em brasa... uma comichão especial na região do estigma era precisamente o imperioso chamamento ao conciliábulo infernal, ao qual o feiticeiro ou feiticeira não podia – nem queria – subtrair-se de modo algum..."

Quando saí, já era noite. Fui para casa.

14.

Liguei para Gala.

"Eu estava preocupada", ela disse.

"Fui preso."

"Eu sei. Mas foi solto também, e ninguém sabia onde você estava."

"Tudo bem, eu estava no escritório do meu pai. Foi ele que me tirou da cana. Nós temos que trabalhar. Voando."

"Você voa pra cá ou eu voo praí?"

A voz dela estava quente. Quando se sai de cana, pensa-se em sexo.

"Voa pra cá", eu disse.

Eu não costumo fazer isso, mas quando Gala tocou a campainha (e ela havia de fato voado até meu apartamento), apaguei a luz e rapidamente me despi. Deu certo. Quando abri a porta, grudei meus lábios nos seus e enfiei com força minha língua em sua boca. Ela largou uns papéis que estava carregando, apertou o meu pau, que àquela altura estava surpreendentemente rígido, e abriu o botão de sua calça jeans com a outra mão.

Eu não havia passado tanto tempo assim em cana, foram menos de vinte quatro horas, mas a ideia de estar voltando da prisão me excitou muito. Não há sexo sem fantasia, pensei, enquanto penetrava com alguma brutalidade a boceta molhada de Gala. Estávamos sobre o tapete e ela não tinha tido tempo de tirar a blusa. Gozamos ruidosamente, e depois disso a vida de repente pareceu vazia.

"Era esse o trabalho tão urgente?", ela perguntou, assim que recobramos os sentidos.

"Era urgente, mas eu não chamaria de trabalho", respondi.

"Falando em trabalho", ela disse, "pode me cumprimentar."

"Por quê?"

Gala tateou o tapete até encontrar sua bolsa entre calças, sapatos, calcinha e meias. Retirou da bolsa um envelope e disse:

"Olha o que eu consegui."

"Uma carta?"

"Abre."

O envelope era branco, sem nada escrito. Dentro dele, algumas folhas de papel de carta azul-clarinho, dessas que se encontram em qualquer papelaria.

A carta, escrita a caneta azul, com letra de fôrma:

Mariano,

Não por uma duas três quatro
mas por oitenta e quatro mil bocetas eu vim
e vim percorrendo mundos impossíveis
encharcada de prazer e dor
quantas vidas anteriores eu tenha tido
tenha piedade
hoje, só hoje
senhor branco-jasmim

O que é para amanhã que venha hoje
o que é para hoje que venha já
meu senhor branco-jasmim
não me venha com "vamos ver"

Você cavalga montanhas de safira
calçando sandálias de pedra lunar
soprando longas trombetas
quando vou apertá-lo
nos potes dos meus peitos?

Senhor branco-jasmim
quando vou juntar-me a você
sem a vergonha do corpo
sem o pudor do coração?

Faça-me andar de casa em casa
estendendo a mão para a esmola
se eu pedir
que não me deem nada
se me derem
que caia no chão
se cair
que um cachorro pegue
antes de mim
senhor branco-jasmim

Mãe, ardi numa chama sem fogo
mãe, sofri de um ferimento sem sangue
mãe, gemi de um prazer sem gozo
amando meu senhor branco-jasmim
errei por mundos impossíveis

Melhor do que estar, ficar, transar todo o tempo
é o prazer de transar uma vez eterna
depois de uma separação eterna

Se ele diz
que tem que partir para lutar na guerra

como dizem os namorados
compreendo e calo
mas como aceitar
que estando em minha mão e no meu coração
não me agarre e pegue e tome?

K. S.

"Onde você achou isso?", perguntei.

"A Ruth me telefonou, disse que tinha encontrado uma carta numa gaveta do Mariano. Nós somos amigas agora."

"É um belo poema", eu disse.

"Também acho."

"Posso ficar com ele?"

"Nem pensar. Prometi pra Ruth que devolvia logo. Só queria que você visse."

"Tira uma cópia pra mim?"

"Precisa fazer carinha de choro?"

"Não estou fazendo carinha nenhuma. Quem é K. S.?", perguntei, devolvendo-lhe a carta.

"Nem as meninas nem a Ruth sabem quem é."

"Quem são 'as meninas'?"

"Almocei com a Ana Maria e a Clarice, as garotas do vôlei. Você esqueceu?"

Eu tinha esquecido.

"Como foi?"

"Muito carboidrato, mas valeu a pena. Consegui uma informação quente. As meninas estavam meio reticentes no começo, mas fui pedindo vinho e o negócio engrenou."

"Truques baratos de jornalista."

"Mas que funcionam, certo? Elas disseram que a Sílvia era uma garota legal, tipo boa aluna, boa filha, boa amiga. Havia até uma certa inveja velada no jeito que elas falavam dela. Principalmente a Ana Maria."

"Ana Maria é a morena?"

"Não, a ruiva."

Estiquei o braço e, sem me levantar, peguei a foto das meninas jogando vôlei, que ainda estava em cima da cama.

"Continua", eu disse, olhando para Sílvia, que se preparava para cortar a bola, ladeada pelas duas amigas, que a observavam.

"A Sílvia era a mais bonita, a mais simpática, a melhor jogadora, enfim; mas muito querida por todos também, pois não era antipática, nem metida a besta. E não era nenhuma santa. Gostava de festas, bebia umas cervejinhas, dizem que ficava engraçada quando estava de pileque. Elas confirmaram que o Jânio era um cafajeste, e foi descrito por Clarice como 'bedel nojento'. Elas sabiam que ele vendia drogas, não armas. Quanto ao Mariano, nenhuma das duas quis se comprometer, no entanto, deixaram claro que o professor dava em cima de todas e que tinha predileção pela Sílvia. Ela interessou-se por ele e acabou se apaixonando. Mas era reservada e não gostava muito de falar de si mesma nem de seus sentimentos mais profundos."

"E K. S.?"

"Deve ser uma poetisa."

"Uma aluna, uma professora, uma amiga, quem sabe uma amante."

"Nenhum nome com essas iniciais, que elas se lembrem. Nenhuma das meninas do time de vôlei, com certeza. Não é mais fácil ligar pro Mariano e perguntar?"

"Clarice e Ana Maria têm algum palpite sobre quem é o assassino?"

"A Clarice acha que é mesmo o Odilon. Ela disse que não entende como a Sílvia podia namorar um sujeito tão 'peba'."

"O que quer dizer 'peba'?", perguntei. "Essa gíria não é do meu tempo."

"Mixo, ordinário, ralé. A Ana Maria não tem certeza se foi ele."

"Vocês falaram sobre o dia do crime? Sílvia estava estranha, ansiosa, preocupada?"

"A Clarice não estava lá. Ela é a garota que faltou à aula porque tinha machucado a perna. Machucou-se justamente num jogo de vôlei."

"E a Ana Maria?", perguntei.

"A Ana Maria disse que a Sílvia estava absolutamente normal no dia do crime. Estava até um pouco entediada. O comportamento dela nesse dia não tinha nada de suspeito."

"Estranho."

"Não é nada estranho, esse é o problema", observou Gala, "mas a informação quente que eu arranquei das meninas é que..."

O telefone. Rita:

"Você nem pra me ligar!"

"Desculpe, acabei de chegar do escritório do meu pai e estou assim, meio confuso."

"Tudo bem. Eu estava assustada. Foi seu pai que tirou você de lá?"

"Inacreditável. Estou passando por um momento muito estranho da minha vida, Rita."

"E a Gala, você falou com ela?"

"Falei", olhei para o corpo seminu deitado sobre o tapete ao meu lado. A bunda era perfeita. Pensar só em peitos pode ser um tremendo desperdício. "Falei sim. E Dora? Alguma notícia?"

"Está acontecendo uma coisa esquisita, Bellini. Hoje liguei o dia inteiro para o Rio e Teresópolis atrás da Dora. Eu tinha ficado muito nervosa quando soube da sua prisão e saí ligando como uma louca à procura do Lobo. Não encontrei ninguém. No meio da tarde recebi um telefonema do detetive americano."

"Irwin?"

"Ligou do aeroporto. Você sabe que meu inglês não é muito bom, né? Quer dizer, eu não falo inglês. Então ele falou comigo num espanhol que era péssimo também."

"O que ele falou?" Eu fiquei em pé e comecei a andar de um lado pro outro. Gala me acompanhava com os olhos.

"Não sei se eu entendi muito bem... Primeiro ele perguntou se você estava. Eu disse que não. Então ele tentou me explicar a situação. Disse que o caso Hammett estava solucionado."

"Solucionado como?"

"Não sei, eu mal estava entendendo o que o cara falava. Disse que estava voltando para os Estados Unidos, mas que tinha um recado de Dora."

"Recado? E por que ela não ligou pra dar o recado pessoalmente?"

"E eu sei lá! Ele disse que a Dora tinha viajado para a Argentina, e que voltaria em dois ou três dias."

"Viajado por quê? Como..."

"Não me pressiona. Eu sou só uma secretária, tá? E não falo inglês."

"Que mais?"

"Mais nada. A ficha caiu do outro lado e ficou por isso mesmo."

Olhei para o relógio. Eram onze horas da noite.

"Rita, está tudo certo. Amanhã a gente se encontra cedinho no escritório e vê o que faz."

Desligamos. Alguma coisa muito fora do comum estava acontecendo.

"Você não quer saber a informação quente?", perguntou Gala.

Para ser sincero, eu estava um pouco sobrecarregado de informações. Mas quando se está nessa profissão, não se tem escolha:

"Mal posso esperar", respondi.

A informação que Gala considerava quente era que um dos dois bedéis que se revezaram na vigilância do terceiro andar no dia do crime era um sujeito mulherengo, chamado Gerson. Segundo ela, se o sujeito era mulherengo, nada melhor que uma mulher para arrancar-lhe informações. Ela estava disposta a abordá-lo no dia seguinte logo pela manhã e garantiu que não voltaria de mãos abanando.

Antes de dormir, Gala ligou para a casa de Mariano, mas Ruth informou que eles não estavam mais juntos. Haviam discutido e ele resolvera sair de casa. Ela não sabia onde poderíamos encontrá-lo àquela hora. K. S. ficaria para o dia seguinte.

Deitados na cama, Gala e eu não resistimos e fodemos de novo. Mas foi uma trepada tranquila, quase conjugal em sua singeleza. Depois, com a intimidade dos casados, viramos cada um para um lado e dormimos.

15.

Gala estava certa quanto ao fato de termos nos "encaixado" tão bem. Quem nos visse saindo de mãos dadas por uma avenida Paulista confusa e movimentada às oito horas da manhã teria certeza de estar diante de um casal feliz. Eu já tinha idade suficiente para saber que felicidade é o mais fugaz dos estados de espírito, mas mesmo assim, como sempre, caía de novo na armadilha de tentar eternizá-la.

Despedi-me de Gala com um beijo apaixonado. Desejei-lhe boa sorte na empreitada com Gerson, o bedel mulherengo, e pedi que me mantivesse informado.

"Fique quietinho no escritório", ela disse, com a cabeça pra fora da janela do táxi, "não me apronte mais nenhuma surpresa, por favor."

No edifício Itália.

Rita e eu nos cumprimentamos com um abraço. Estávamos órfãos de Dora Lobo, que simplesmente desaparecera do mapa. Liguei para a agência de Irwin, em Los Angeles, mas lá ainda era madrugada e uma secretária eletrônica não pôde fornecer explicações. Deixei recado para Irwin, pedindo que ligasse.

No Copacabana Palace confirmaram-me que os hóspedes

Irwin e Lobo já haviam deixado o hotel. Na Taverna Eslava, Sexta-Feira não soube informar por onde andava Robinson Crusoé. Publicamente, eu continuava chamando Zapotek de Loyola, como parte do nosso trato.

"O Loyola me parece esquisito ultimamente", disse José. "Andou recebendo amigos e viajando, coisas que ele nunca faz. Não sei o que está passando pela cabeça do velho."

Deixei um recado pedindo que Loyola entrasse em contato assim que desse as caras e desliguei. Decidi ficar no escritório até as coisas se esclarecerem um pouco mais. Zanquetta não suportaria esbarrar comigo por aí, obstruindo o trabalho da justiça, e já que ele não conseguira livrar-se de mim pelos meios legais, temi que optasse por soluções drásticas. "Se você puder evitar pisar no calo de um policial, evite." Esse era o tipo de conselho do Lobo que eu gostava de seguir à risca.

Coloquei Robert Johnson no toca-discos e liguei para o único policial sem calos que eu conhecia.

"Iório", eu disse, assim que ouvi o sotaque daquele velho rabugento.

"Você saiu muito rápido da cadeia. Não deu pra sentir o gosto."

"Você anda muito piadista ultimamente. Que felicidade é essa? Andou dando o cu?"

Cu era uma palavra que provocava cócegas em Iório. Sempre que eu pronunciava cu, ele dava risada.

"O que você quer agora, detetive?"

"Preciso que você investigue umas coisas pra mim aí dentro. Estou sujo, não posso me expor."

"Eles não estão com toda essa boa vontade comigo, também", ele disse.

"Preciso saber tudo sobre um tal Gerson, bedel do colégio Barão do Rio Negro. Ele é um dos dois que se revezaram no terceiro andar, no dia do crime. Gostaria também de saber como anda a situação do Odilon."

"O namorado da defunta?"

"Esse mesmo."

"Desiste, está incomunicável. O Zanquetta não deixa ninguém chegar perto dele."

"Ele não tem advogado?", perguntei.

"Um porta de cadeia, cupincha do Zanquetta. Vai segurar o menino lá dentro o tempo que for necessário."

"Quem é ele?"

"Eu descubro pra você. Alguma coisa mais?"

"O assassinato do Jânio. Não tem muita coisa na imprensa; a quantas anda a investigação?

"Que horas são?", ele perguntou.

"Dez e meia."

"Te ligo na hora do almoço. Um beijo."

Iório é o único policial que conheço que se despede mandando beijos.

O telefone tocou às duas e meia. Rita e eu estávamos cansados do maldito aparelho. Das dez e meia às duas e meia não havíamos recebido um telefonema sequer. Em compensação, havíamos ligado para meio mundo: os principais hotéis de Buenos Aires não tinham ninguém com o nome de Teodora Lobo em seus registros de hóspedes. Dwight Irwin não tinha ainda aparecido no escritório de sua agência em Los Angeles. Gala não estava em lugar nenhum, e no colégio Barão do Rio Negro informaram-me que o inspetor Gerson havia saído cedo da escola pois tivera uma emergência. "Que emergência?", perguntei. "Motivo de força maior", responderam. Não conheço frase mais impessoal que "motivo de força maior". Eu desconfiava que esse motivo fosse alguma artimanha de Gala, e isso estava me preocupando. Em primeiro lugar porque Gerson era mulherengo e eu já começava a desenvolver sentimentos possessivos em relação a Gala. Se um dos bedéis era um traficante de drogas e armas que acabara de ser assassinado, o que me garantia que o outro não fosse igualmente um tipo perigoso para uma jovenzinha lasciva e impetuosa como Gala?

Às duas e meia o tilintar do telefone trazia uma vaga promessa de alívio para nossas angústias. Dora? Gala?

Iório.

"Gerson tem a ficha limpa, mas é um tipo folgado. Já tentou se aproximar de algumas meninas. Parece que está com os dias contados no colégio, por conta das reclamações de alguns pais."

Bela companhia para Gala, pensei.

"O Odilon está mesmo trancado a sete chaves pelo Zanquetta, mas a família conseguiu um advogado e ele deve sair logo. Quanto ao Jânio, está difícil pra polícia de Goiás encontrar pistas. O sujeito foi morto de madrugada, sem testemunhas, todo mundo dormindo na hora do crime. Localizaram um mendigo, mas o sujeito é alcoólatra, teve um branco, e não se lembra de nada que aconteceu naquela madrugada. A Estela continua internada na Febem e não parece muito disposta a colaborar. Os juízes e as assistentes sociais acham o máximo. Você continua sendo o principal suspeito. Mas agora que tem um bom advogado, não precisa esquentar."

Desliguei. Lembrei-me de ligar para Mariano no Decisão. Silmara, a secretária dos peitos grandes, informou que ele agora dava aulas de manhã e à tarde. No momento estava em classe, mas transmitiria o recado assim que ele estivesse livre.

"Diga que K. S. ligou."

" K. S.?"

"Ele vai entender."

Eu estava um pouco apreensivo com a demora de Gala, bastante intrigado com o poema anônimo, mas a imagem do mendigo com cara de cantor de reggae em Anápolis chegou em primeiro lugar na minha corrida de preocupações imediatas. Eu fora provavelmente a última pessoa a falar com ele antes do branco alcoólico.

Servi-me de uísque (sem nenhuma ironia), caminhei até a janela e tentei reconstituir meu diálogo com o mendigo. Olhei para os carros na avenida Ipiranga e lembrei-me de algo que o mendigo dissera e que, naquele momento, eu interpretara como simples confusão mental. Mas talvez significasse algo mais. Naquela manhã em Anápolis, perguntara ao mendigo se ele conhecia um bedel chamado Jânio. Ele perguntou o que significava bedel. Então perguntei se ele conhecia um traficante chamado Jânio. Ele retrucou "Cê tá co'a loura?". Naquele momento interpretei tal indagação como puro delírio proveniente da mente confusa de um bêbado, mas talvez ele não estivesse delirando. Pedi a Rita que juntasse todas as fotos e notícias que tínhamos do caso. Bebi o resto do uísque enquanto ela providenciava o material. Instruí-a a não arredar pé dali, enquanto ia até minha casa em busca das fotos que Gala me entregara.

Desci, caminhei até a Consolação e peguei um táxi. Era irônico que o mesmo álcool que obstruíra a mente do mendigo tivesse esclarecido a minha. Por um instante reavivei o fedor de cachaça misturada à sujeira e ao suor do mendigo. Lembrei-me então da garrafa de Johnny Walker na estante de Dora e corrigi-me: definitivamente não era o mesmo álcool.

Eu estava olhando as fotos do time de vôlei, em busca de uma garota loura, quando o telefone tocou. Olhei para o relógio, 16h12.

"Bellini."

Alívio.

"Por onde você andou, safadinha?"

"Safadinha?"

"É."

"Investigando."

"Da próxima vez dê um jeito de avisar onde está", disse.

"Preocupado comigo?"

Há perguntas que não precisam de resposta.

"Descobriu alguma coisa?", perguntei.

"Descobri que o Gerson é um idiota que não sabe de porra nenhuma. Ainda tive de me desvencilhar dele, o sujeito se engraçou comigo."

"Eu descobri uma outra coisa. Pode fazer sentido ou não. Provavelmente não, mas não custa checar."

"O que é?", ela perguntou.

"Onde você está?"

"Em Higienópolis."

"Vem pra cá."

"Voando?"

Ao chegar, Gala narrou como havia transcorrido o encontro com Gerson:

"No colégio dei um jeito de entrar e falar com o Gerson. Disse que tinha uma boa grana pra ele, caso me cedesse algumas informações. Ele topou na hora e inventou uma história de que a mãe estava passando mal e tinha de sair imediatamente."

"Não se oferece dinheiro a esse tipo de gente", afirmei.

"O que você queria que eu oferecesse?"

Sem resposta.

"Fomos até um barzinho e dá-lhe cerveja. Ele disse que já havia contado o que sabia à polícia: ele e o Souza, o outro bedel, revezaram-se durante toda a manhã na vigília do terceiro andar e não viram nada de anormal. Depois, a polícia submeteu-os ao exame residuográfico e o resultado foi negativo."

"Ele não viu uma loura?", perguntei.

"Não. Mas começou a se engraçar comigo, roçando a perna na minha debaixo da mesa."

"E você?"

"Eu o quê? Só faltou vomitar na cara dele."

"Não precisava chegar a tanto."

"Ah!", ela disse, "a cópia", e entregou-me uma cópia xerox da carta de K. S.

Peguei a folha, mas não tive muito tempo para pensar no assunto:

"Vem cá, Bellini, que papo é esse de loura?", disparou Gala, a mulher dos mil fôlegos.

Contei-lhe minha suposição. Imediatamente começamos a analisar as fotos. Havia algumas garotas louras no time de vôlei. Gala lembrou-se de uma das professoras, loura, com quem havia conversado na primeira vez em que fora ao colégio cobrir o crime. Anotamos alguns nomes. Gala ligou para Ana Maria e Clarice, convocando-as para um novo almoço no dia seguinte. Elas a ajudariam a levantar a lista completa de louras do colégio. Parecia uma ideia um pouco idiota, mas era tudo que tínhamos no momento.

"Uma loura com iniciais K. S. seria um grande achado", disse Gala.

"Se a gente encontrar K. S., nem precisa ser loura", disse eu.

"Vamos jantar?", propôs Gala.

"Hoje não. Vou jantar com meus pais", respondi.

Jantar com os pais pode ser uma coisa normal para grande parte da população mundial. Para mim era algo como a passagem do cometa Halley sobre a Terra.

16.

O que estava acontecendo com meus pais?

Estávamos sentados à mesa, mamãe, papai e eu. Eles pareciam duas figuras de cera. O apartamento era o próprio museu de madame Tussaud. Mamãe estava nervosa, mas feliz. O grande dia chegara. Ela rezaria a noite inteira, agradecendo aos anjos pela minha presença, eu tinha certeza. Serviu lasanha. Aquele foi um golpe baixo. Lasanha é meu prato predileto. Não qualquer lasanha. A lasanha de Lívia Bellini, cheia de um creme branco, queijo derretido, carne moída molhada em molho vermelho e fumegante, e nada de presunto. Uma fatia generosa de pão acompanhava a lasanha em cada um dos pratos. Uma obra-prima. Papai serviu chianti Ruffino numa garrafa bojuda envolta em palha. Serviu a mim e a mamãe. Não se serviu.

"Você não está bebendo, pai?"

Ele fez que não com a cabeça e ambos trocaram um olhar que interpretei como aflito. Mamãe cochichou a oração habitual e começamos a comer. Um silêncio pesado ocupou a sala escura. Falei a primeira coisa que me veio à cabeça, só para afugentar a sombra negra daquele silêncio:

"Eu não sabia que você se interessava por satanismo, pai."

Lívia Bellini arregalou os olhos:

"Que é isso, Remo? Estamos à mesa."

Papai riu.

"Foi um caso que me obrigou a isso."

Ela o fitou repreensiva:

"Você não vai falar do caso Herschel agora. Não aqui, à mesa."

Ele sorriu de novo e me disse:

"Depois do jantar eu conto."

Por um momento voltei a ter dez anos de idade.

Conversamos amenidades durante o resto do jantar. O Ruffino descia fácil, tornando tudo mais alegre. A sobremesa coroou a grande farra gastronômica: pudim de leite com muita, muita calda.

Fomos para a sala de estar. Papai me ofereceu uma caixa aberta de Montecristos, da qual me servi, enquanto mamãe tirava a mesa e aprontava o café. Estranhei que ele, além de não beber, não estivesse fumando.

"O caso Herschel foi uma coisa terrível", disse, ateando fogo a uma pequena lâmina de cedro para acender meu charuto, "um alemão que vivia sozinho numa chácara em Santo Amaro. Fazia rituais satânicos com crianças. Norbert Herschel. Atraía meninos de rua pra casa dele, dizendo que ia dar comida, isso e aquilo. Depois iniciava as crianças em rituais com flagelação, marcas pelo corpo e, às vezes, até morte. Trabalhei na acusação. Consegui trinta anos pra ele."

"E por que os livros?", perguntei.

Mamãe trouxe café para nós três e licor só para mim. Serviu-nos e sentou-se, escutando papai. Notei que ela não o servira com a grappa habitual.

"Era preciso comprovar que as escoriações nas crianças eram premeditadas, segundo rituais escabrosos. No ritual do Sabbath há toda uma descrição de marcas e símbolos com que se marcavam os iniciados. Meias-luas, chifres, caracteres de cabala... a defesa quis alegar insanidade. Não havia insanidade nenhuma. O homem era um monstro consciente.

Você precisava ver a cara dele: impassível, frio. Um demônio. Quase foi morto na penitenciária. Violência contra crianças é intolerada até entre marginais."

A conversa enveredou por assuntos menos macabros. Em determinado momento, enquanto eu narrava uma perseguição em pleno viaduto do Chá, percebi que papai roncava. Olhei para mamãe e perguntei:

"O que ele tem?"

Lívia Bellini levantou-se e disse, com voz baixa:

"Me ajude a levar essas xícaras para a cozinha."

Na cozinha:

"É a próstata. Seu pai tem câncer."

Voltei para casa com a cabeça pesada. Eu havia exagerado no vinho e no licor. As coisas se precipitavam: Dora desaparecida, dois assassinatos insolucionáveis, um alemão satânico e meu pai com câncer na próstata.

Não vi nenhuma encruzilhada no caminho entre a Vila Mariana e o Jardim Paulista.

Dormi ao som de Big Leon Brook: "Blues for a real man". No dia seguinte não ia conseguir acordar cedo.

Acordei cedo.

O telefone, Iório:

"Soltaram o menino."

"Quando?"

"Faz uma hora, mais ou menos. Ele saiu escondendo o rosto, evitando falar com a imprensa."

"É o estilo dele. Você sabe onde o encontro?"

Iório deu-me o endereço de Odilon Seferis numa rua do Belenzinho. Desci para o café da manhã no Luar de Agosto. Antônio estava um pouco enciumado, eu acho.

"Ficou noivo, Bellini?"

"Não força, Antônio. Estou apaixonado."

"Não acredito."

"Por que não?"

"Peito muito pequeno."

Peguei um táxi até a Liberdade. No Decisão, subi à secretaria e encontrei Silmara.

"Oi, detetive."

Seus peitos opulentos inspiraram-me pensamentos luxuriantes. Mas aquele não era o momento.

"Cadê o Mariano?"

Ela consultou uma folha de papel plastificado:

"Está no primeiro D. A aula acaba daqui a pouco."

Esperei por ele à porta da sala dos professores. Meia hora depois Mariano chegou acompanhado de dois professores. Ao me ver, desviou os olhos. Caminhei em sua direção antes que entrasse na sala:

"Precisamos conversar."

"Não temos nada a conversar."

"Não por uma duas três ou quatro, mas por oitenta e quatro mil bocetas eu vim e vim percorrendo mundos impossíveis."

"Você anda vasculhando minha correspondência, canalha?"

"O canalha aqui não sou eu. Quem é K. S.?"

O ambiente não estava nada acadêmico. Mariano ameaçou chamar a segurança, a polícia, o ministro da educação e o da justiça. Os dois professores, um deles bastante corpulento, vieram em seu auxílio:

"Retire-se daqui, filho da puta", disse o corpulento que usava óculos, quase esfregando um dedo gordo no meu nariz.

"Às vezes dar um passo atrás é mais sensato que dar dois à frente", dizia o ator David Carradine, um dos ídolos de minha adolescência, no seriado de TV *Kung-fu*. Mariano e seus amigos continuaram chiando enquanto eu me afastava. Não costumo bater em professores que usam óculos. Na avenida Liberdade, como uma confirmação de minha estratégia, um jovem oriental com a cabeça raspada sorriu para mim.

17.

Odilon Seferis morava no bairro do Belenzinho, num sobrado na rua Júlio de Castilhos, próximo ao viaduto Guadalajara. No andar térreo funcionava a Oficina Mecânica Seferis, do pai de Odilon. A família vivia no andar de cima. Entrei na oficina e um sujeito de cinquenta e poucos anos aproximou-se de mim. Ele era forte e atarracado, com cabelos brancos e rosto sulcado. Os olhos claros se destacavam na pele morena de sol.

"O que o senhor deseja?", perguntou, limpando graxa das mãos com um amontoado de fiapos de algodão cru.

"Antenor Seferis?", perguntei.

"O senhor está atrás do meu filho?"

"Gostaria de falar com ele."

"O senhor é da imprensa ou da polícia?"

"Nenhuma das duas. Quero ajudar o seu filho, acredite."

Ele me olhou profundamente, com temor nos olhos claros.

"Vou ver se ele pode atender o senhor", disse, e subiu por uma escada nos fundos da oficina.

Fiquei alguns minutos sentindo o cheiro de borracha queimada e óleo diesel. Havia um sujeito martelando alguma coisa. Ele parou de martelar e me encarou, impassível. Eu disse:

"Tudo bem?"

Ele não respondeu. Olhou-me mais um pouco e depois continuou martelando.

Odilon chegou acompanhado do pai. Apresentei-me.

"Vamos até o bar", ele falou.

Concordei. Antenor voltou ao trabalho.

O rapaz era mesmo bonito. Havia um componente de rudeza destoando da placidez de seus traços. Pedimos café.

"Não fui eu", ele disse.

"Eu sei."

Ele não me ouviu:

"Como eu ia entrar lá sem ninguém me ver?"

Fiz um gesto afirmativo com a cabeça.

"E por quê? Por que eu mataria a Sílvia?"

"É isso que eu queria lhe perguntar, Odilon. Por que alguém mataria a Sílvia?"

"Ninguém teria motivo pra matar a Sílvia. Ela era cem por cento. Só se fosse por inveja."

"Ou ciúme", completei.

Ele não disse nada.

"Você comprou a arma do Jânio."

"Eu comprei pra me defender, essa cidade é uma selva. Não comprei a arma pra matar a minha namorada."

"Vocês compravam droga dele?"

"Ecstasy, às vezes. Bobagem. Só curtição pra dançar na Desastre, nada de pó. Nem fumo. A Sílvia não gostava de fumo. Ela tomava cerveja."

"E o Gerson?"

"Que Gerson?"

"O outro bedel."

"Não conheço."

"Fidalgo?"

"O tatuado? Aparecia às vezes com o Jânio."

"Mariano?"

"O professor? Eu nem sabia dessa história. Devia ser amigo dela, a Sílvia não me traía."

"Você não faz ideia de quem a matou?"

"Não", e começou a chorar.

"Você estava passeando de moto pelas imediações da escola na manhã do crime. Existem testemunhas", eu disse.

"Eu faço isso sempre", ele enxugou os olhos com a palma da mão direita, "pergunta pra qualquer um. Meu pai já me deu muita surra por causa disso. Quando tem um carro ou uma moto legal, eu sempre pego. Saio por aí dando banda."

"Você não tem um álibi."

"O advogado disse que vai me arranjar um."

"Você conhece alguém cujas iniciais são K. S.?"

" K. S.?", ele pensou um pouco, "não, eu acho."

"Acha ou tem certeza?"

"A única certeza que eu tenho é de que não matei a Sílvia."

"Alguma amiga da Sílvia é loura?"

Ele não entendeu a pergunta. Repeti-a.

"Sei lá. A Laura. Me lembro da Laura."

"Onde você a conheceu?"

"Na Desastre. Sei lá. Acho que foi na Desastre."

Paguei os cafés. Odilon não estava em condições de me ajudar. Despedi-me dele. Encontrei um orelhão próximo ao viaduto Guadalajara. O barulho dos carros era insuportável, mas mesmo assim telefonei para Rita em busca de notícias internacionais: Irwin, Dora etc.

"Só a Gala", ela disse; "está te esperando até as duas no Jardim de Napoli. Ela e as duas meninas."

Consultei o relógio, faltavam quinze para a uma. Peguei um táxi para Higienópolis.

18.

Gala, Clarice e Ana Maria estavam sentadas a uma mesa do Jardim de Napoli, comendo o couvert e bebendo vinho tinto. Gala me apresentou às duas garotas. Depois de cumprimentá-las, sentei-me. O garçom ia me servir vinho, mas a lembrança do jantar na casa de meus pais ainda estava viva em meu fígado. Pedi cerveja.

"Estou de ressaca", desculpei-me.

Gala disse:

"Já fizemos um levantamento de louras", e passou-me sua agenda aberta numa página com alguns nomes de mulheres. Li os nomes e notei que faltava alguém naquela lista. Mas o garçom esperava por nossos pedidos e tive de trocar a lista de louras pela lista de pratos.

Pedimos a comida.

"Quem é Laura?", perguntei, logo que o garçom saiu.

Ana Maria e Clarice se olharam.

"A Laura é uma das orientadoras", respondeu Clarice.

"Ela é loura, não?", perguntei.

"Está loura", corrigiu Clarice.

"E era amiga da Sílvia."

"Conhecida", corrigiu Ana Maria.

"Ela frequenta a This Ass Tree", afirmei.

"Ela gosta de ir aonde a gente vai. Boates, passeios. A Laura sempre organiza reuniões no sítio dela. Churrascos, piqueniques... é uma maneira de ficar mais próxima de nossos problemas", disse Ana Maria. Ela tinha olhos negros.

"A Laura tem algum envolvimento com o Mariano?"

"Profissional", disse Ana Maria.

"Não é a esse tipo de envolvimento que eu me refiro", afirmei.

"De jeito nenhum", disse Clarice.

"É a pessoa mais bem casada que conheço", completou Ana Maria.

"Por que vocês não me falaram dela?", perguntou Gala.

"Ela pintou o cabelo de louro há pouco tempo. Eu não penso nela como loura...", explicou Clarice.

Ana Maria concordou:

"Ela vive trocando a cor do cabelo."

Bebi um pouco de cerveja e dei uma olhada na lista das louras. Cinco nomes:

Renata, dona Clara, Liana Nunes, Kátia Bergman e Lúcia Helena. Com Laura, seis.

"Essa Kátia tem algum outro nome antes do Bergman?", perguntei.

"Não, ela não é K. S.", disse Ana Maria, sardônica.

Encarei seu olhar impetuoso:

"Você estava na classe no momento em que a Sílvia foi assassinada. Qual dessas garotas você tem certeza de que não poderia estar no banheiro naquele momento?"

Passei-lhe a agenda de Gala.

"A Liana e a Lúcia Helena estavam na classe comigo. A dona Clara trabalha na cantina, a Renata e a Kátia são do time de vôlei e estudam à tarde. A Laura fica na sala dela ou andando pela escola."

Peguei a agenda de volta, pedi uma caneta a Gala e risquei os nomes de Liana e Lúcia Helena. Sobravam quatro nomes.

"Gala, cheque onde estavam essas moças nos momentos das mortes de Sílvia e Jânio, por favor."

Clarice riu:

"Dona Clara não é moça."

"Cheque onde estavam essas mulheres", corrigi-me, um pouco mal-humorado.

"É o que eu vou fazer depois do almoço", afirmou Gala.

"Eu duvido de que qualquer uma delas tenha matado a Sílvia. Isso é loucura", disse Ana Maria.

"Isso é uma investigação", afirmei, "quando você..."

Clarice me interrompeu:

"A não ser...", ela olhou para Ana Maria, "a não ser que seja um louro e não uma loura".

"Como assim?", perguntou Gala.

"Na hora em que a Sílvia foi morta quatro alunos não estavam na classe, certo?", disse Clarice. "O Lucas Fren e o Geraldo Tygel estavam jogando xadrez no centro acadêmico, eu e o Augusto tínhamos faltado à aula. Eu porque estava com a perna machucada, o Augusto porque perdeu a hora."

"Você acha que o Augusto...", indagou Ana Maria.

"Eu não acho nada. Mas ele é louro", completou Clarice.

Aquilo estava prestes a virar uma bagunça.

"Gala", eu disse, "cheque o Augusto também. Não custa nada."

Nesse momento o garçom começou a servir os pratos.

Salvo pelo polpetone, pensei.

Depois do almoço fui para o escritório. Comi demais, o que estava se tornando um hábito. Fiquei meio sonolento. Inspirado por meu estômago, coloquei Fats Domino no toca-discos. "The fat man" pareceu-me uma escolha inquestionável. O solo vocal de Fats é algo absolutamente memorável: "Uá uá uá...". O blues era a única coisa com a qual eu estava podendo contar no momento. O resto continuava um pouquinho além de minha compreensão. Mundo estranho.

Não havia ainda notícias de Dora ou Irwin. Talvez aquele papo de Dora ter ido para a Argentina e Irwin para Los Angeles fosse só uma conversinha fiada para despistar os otários aqui. Mas por quê? Por que alguém mataria Sílvia? Por que Jânio foi morto? Por que o mendigo perguntara sobre uma loura? Por que Fats Domino sabia tão bem como expressar os meus sentimentos? Ele cantava "I'm in the mood for love" e nada descreveria melhor o meu estado de espírito. Mais certo seria esquecer toda essa confusão e fugir com Gala para um lugar qualquer. Um lugar paradisíaco. Fernando de Noronha, por exemplo.

Devo ter pegado no sono, mas o sonho com golfinhos em águas azuis não durou muito: alguém estava na antessala louco pra me ver. E não era nenhum golfinho.

Messias estava mais para leão-marinho. Seus lábios leporinos sempre me incomodavam. Tinha impressão de que cairiam no chão a qualquer momento. Seria um prazer varrê-los para o lixo.

"Bellini", ele disse, sentando com meia bunda sobre a mesa, "vamos falar como companheiros de profissão."

"Eu não sou da polícia, Messias."

"Mas é como se fosse. Tem que meter a mão na merda pra viver. Como eu."

Messias agora era dado a filosofices. Saco.

"Usar merda como metáfora é coisa de policiais, e eu não sou exatamente um apreciador do gênero", afirmei.

"Gênero policial ou gênero merda?", perguntou Messias.

"Ambos."

"Sejamos claros", ele disse, "estamos todos perdidos nesse caso. As pistas estão escassas e alguém está fazendo a gente de otário."

"A gente quem?"

"A polícia e a sua Agência Lobo. Todo mundo sabe que você está investigando o caso, portanto a sua reputação também está em jogo."

"Preocupado com minha reputação, Messias?"

"Não. Com a minha."

Pelo menos agora ele estava sendo sincero.

"A polícia de Anápolis está com dificuldades também", ele prosseguiu, "e pediu uma mãozinha pra gente. Não encontraram nada por lá. Parece que um mendigo alcoólatra é a única pista", ele riu, e seus lábios se separaram daquele jeito horrível, "um mendigo alcoólatra não é uma pista confiável. Além do mais, o sujeito não se lembra de nada."

"Que beleza."

Ele me olhou com ódio contido:

"Você esteve lá, Bellini. Deve ter visto alguma coisa. Tem que ter."

"Eu só vi o mendigo. E o papo dele foi nonsense."

"'Non'o quê?"

"Sem sentido. Papo de bêbado."

Ele tirou uma agenda e uma caneta do bolso:

"O que foi exatamente que ele falou?"

"Ele me indicou a casa do Jânio, só isso. O cara tava num pau danado, Messias."

Ele guardou a agenda, desistindo de arrancar-me confidências.

"Além da polícia rodoviária e informantes, estamos checando aeroportos, rodoviárias, ferroviárias e postos de gasolina em São Paulo, Goiânia, Brasília e Anápolis. Mas você sabe como é isso: ninguém viu nada, ninguém se lembra de nada."

"Vocês têm certeza de que a mesma pessoa cometeu os dois assassinatos?", perguntei.

"É a teoria do Zanquetta", ele respondeu.

Era a minha também, mas ele não precisava saber disso.

"As perícias coincidem", prosseguiu Messias, "mesma arma, mesma munição, mesma distância de disparo. Em contrapartida, há muitas digitais misturadas, dificultando o trabalho. E quase nenhum rastro. Parece que encontraram alguns fios de cabelo, mas o resultado ainda não saiu. Tiveram que mandar o material para o laboratório da polícia técnica em Brasília. O negócio é complicado", ele descolou a grotesca meia bunda de minha mesa. "Espero que você me telefone se descobrir alguma coisa."

Despedimo-nos. Depois de tentar inutilmente encontrar Gala, voltei para casa. Anoitecia.

Passei pelo Luar de Agosto. Antônio estava começando o seu turno.

"Você está meio pálido", disse, enquanto me servia chope.

"Esse caso está me consumindo."

"O caso com a Gala?", perguntou.

Puxei-o pelo colarinho até sentir o calor da sua bochecha gorda:

"Você é viado, Antônio?"

"Tá louco, Bellini?"

"Então por que fica sempre tão excitado quando arranjo uma namorada?"

Ele riu. Não resisti: beijei-o na bochecha.

19.

Em casa eu ouvia Charlie Patton quando Gala ligou.

"Bellini, podemos esquecer as louras."

Eu já estava mesmo achando essa história de louras uma grande bobagem, ainda mais agora, que a perícia estava analisando fios de cabelo encontrados na cena do crime. A polícia conseguiria empatar o jogo em pouco tempo. E provavelmente virá-lo a seu favor. Gala continuou:

"Todas elas estavam fazendo alguma coisa na hora em que a Sílvia morreu. Álibis comprovados. Ninguém se ausentou de São Paulo no dia do assassinato do Jânio."

"E Laura?"

"Estava numa reunião com outros orientadores quando Sílvia levou o tiro."

"K. S.?"

"Não sou nenhuma entendida em poesia, mas não consegui me lembrar de nenhum poeta cujas iniciais sejam K. S. Na escola ninguém se chama K. S."

"Esquece isso. K. S., louras... vamos procurar uma outra linha de raciocínio."

"Peraí", ela disse, "tem o louro."

"Pelo amor de Deus."

"É sério", insistiu. "O nome dele é Augusto Rossi, andou

faltando às aulas ultimamente. Nos dias dos crimes, por exemplo."

"O que já elimina a possibilidade de ele ser o assassino da Sílvia", eu disse.

"Talvez. Mas o cara tem alguns antecedentes de mau comportamento na escola. É repetente, brigão e mau aluno. Uma professora disse que ele é relapso."

"Professora do quê?"

"O que importa?"

"Que tipo de professora ainda fala 'relapso'?", perguntei.

"Todas, eu acho. Que importância tem isso?"

"Nenhuma. Você falou com o Augusto?"

"Não. Não estava em casa. Deixei recado com uma empregada pra ele me ligar."

"Deixou o meu número?", perguntei.

"O meu."

"Você está meio irritada ou é impressão?"

"Um pouco."

"Vem pra cá."

"Estou cansada. Se fosse até sua casa só ia lhe encher o saco. TPM."

"TPM?"

"Tensão pré-menstrual."

Não se brinca com isso:

"A gente se fala mais tarde", eu disse.

Voltei à solidão. Elmore James foi acionado e "Strange angel" soou pelos quatro cantos da kitchenette. Encontrei uma garrafa de Jack Daniels na cozinha. Iniciei uma longa jornada Bellini adentro. Isso acontece de vez em quando. Meu pai com câncer, Dora sumida, um assassino inescrutável e uma órfã com uma vagina reconfortante. O que eu tirava de tudo isso?

Algumas doses mais tarde, decidi revisitar o caso Sílvia Maldini-Jânio Menezes. Olhei atentamente para as fotografias. Procurei por Augusto Rossi. Havia muitos colegas de Sílvia no enterro. Mas não vi louro algum. Revi, entretanto, o garoto com as argolinhas na orelha que parecia estar gritando. Ele tinha cabelos escuros. Liguei para Gala, que já estava em casa:

"Desculpe encher o saco, mas quem é o amigo da Sílvia que usa um monte de brinquinhos numa das orelhas?"

"Já vi esse cara, mas não sei o nome."

"Você não quer consultar suas informantes?", perguntei.

"Não leve a mal, estou com uma cólica horrível. Liga você."

"Claro. Me dá o número."

"Ana Maria ou Clarice?", ela perguntou.

"Acho que a Ana Maria não foi muito com a minha cara. Me dá o número da Clarice."

"Anota aí", ela disse.

"Estou sem caneta. Fala que eu guardo de cabeça."

"Lucas Fren", disse Clarice, assim que lhe perguntei quem era o menino das argolas.

"Esse nome não me é estranho."

"Ele é um dos dois que faltaram à aula porque estavam jogando xadrez no centro acadêmico."

"Ele era muito amigo da Sílvia?"

"Como todos nós. Ela era muito querida. Por quê? Você desconfia dele?"

"Não. Eu estava revendo as fotos do enterro e ele me chamou a atenção, só isso."

"Ainda bem. O Lucas é um amor. Não mataria nem uma barata."

"Por medo ou por compaixão?"

"Compaixão, claro."

"Uma última pergunta, Clarice: quem ganhou a partida de xadrez, o Lucas ou o outro rapaz?"

Ela riu:

"Não sei, mas descubro pra você."

Desligamos. Voltei às minhas pesquisas. Reli várias vezes

as matérias dos jornais e a cópia do poema de K. S. Não havia nada que eu tivesse deixado passar em branco. Mister Jack Daniels me deixava num estado paradoxal: quanto mais relaxado, mais atento.

Fui até a janela e fiquei olhando para a avenida Paulista. Inspirei com força o aroma fresco que emanava das árvores do Trianon.

Voltei para dentro, revigorado, e observei as fotos das meninas jogando vôlei. Numa delas, a de que eu mais gostava, Ana Maria, Clarice e Sílvia em primeiro plano. Distraí-me com suas coxas longilíneas. E então eu percebi. Elmore James cantava "I'm worried". Era apenas uma manchinha, quase imperceptível. Um pequeno sinal na virilha. Meus olhos não conseguiram distinguir muito bem o que era aquilo. Mas havia a lupa que Péricles me dera de presente. Peguei-a. Só me faltaram o bigode, o chapéu, o cachimbo, o violino e a cocaína. Não se pode ter tudo.

A lente esclareceu o mistério: uma meia-lua tatuada na parte interior da coxa, quase na virilha. Num segundo a imagem de Tritêmio me veio à cabeça. Lembrei-me de Robert Johnson e de Paganini. Lembrei-me também de Norbert Herschel, o alemão satânico que meu pai despachara para a prisão. Era preciso consultar a biblioteca de Túlio Bellini. Olhei para o relógio, 4h38 da manhã. Tomei um banho rápido, fiz hora até 5h30, e então liguei para papai. Expliquei-lhe a situação e combinamos de nos encontrar às 6h15 em seu escritório.

* * *

Quarenta e cinco minutos depois, na biblioteca.

Além do *Compendium maleficarum* e do *Sabbath*, que eu já conhecia de minha última visita, papai municiou-me com *O diabo*, de Giovanni Papini, e a *Biografia do diabo*, de Alberto Cousté. Enquanto eu folheava febrilmente o livro de Papini, papai lia em voz alta alguns trechos da *Biografia*, de Cousté:

"*Sabe-se que o diabo gosta das metamorfoses e, desde o cão negro que acompanhava Fausto até o falso anjo de luz que tentou vencer a obstinada resistência de santo Antão, tem encarnado em tudo aquilo em que se pode encarnar.*"

Dona Helga chegou às 7h30 e papai ordenou-lhe assim que entrou na biblioteca:

"Traga-nos café. Bem forte e sem açúcar!"

Ela não estava entendendo nada. Papai prosseguiu:

"*O momento culminante da prática da missa negra pode ser situado no reinado de Luís XIV e foi protagonizado por várias favoritas e validos do rei, tendo à frente a belíssima madame de Montespan. De acordo com Rafael Urbano – O diabo, sua vida e seu poder –, foi ela quem realizou importantes modificações sacrílegas no ritual, especialmente as que diziam respeito à participação física da mulher. Durante a Idade Média, o corpo desnudo de uma mulher apoiada em suas mãos e joelhos fazia as vezes de altar para a cerimônia; em suas costas, que se tornavam a ara vivente desse altar, celebravam-se os sacrifícios. A Montespan inverteu a posição e foi a primeira a oferecer os peitos como ara; em sua vagina...*", nesse momento Helga entrou com os cafés "*... introduzia-se a hóstia negra no momento da consagração.*"

Ela ruborizou; hóstias negras introduzidas em vaginas não são o tipo de assunto que se discuta na presença de uma senhora que aparenta ter cem anos de idade.

Depois do café consultamos o *Sabbath*. Ali estava a descrição que me interessava:

"*... eram pequenas marcas não maiores que um lunar, em forma de forquilha ou meia-lua; as mulheres eram marcadas nas proximidades da vagina – preferentemente no lado interno das coxas...*"

Papai ofereceu-me um cálice de conhaque Domeq. Estranhei quando encheu um cálice para si, e estendeu-me o braço propondo um brinde.

"Pensei que você tinha parado de beber", eu disse.

"Só na presença da sua mãe."

Depois do Domeq, abriu a caixa de charutos. Eu não estava no estado de espírito que um charuto requer, mas ele levou à boca e acendeu com sofreguidão um dos cilindros escuros e perfumados.

20.

Já passava de dez da manhã quando liguei para Gala. Ela não estava. Liguei em seguida para Rita:

"Você sabe da Gala?", perguntei.

"Ligou avisando que foi se encontrar com um tal de...", pequena pausa, "... Augusto Rossi."

"O louro relapso. Rita, consiga pra mim o telefone da Clarice Muniz. Já."

"Você não tem esse número?", ela perguntou.

"Tinha de cabeça, mas esqueci."

" 'Já' é impossível."

"De quantos minutos você precisa?", perguntei.

"Me dá dez."

"Ligo em cinco", eu disse, e desliguei.

Cinco minutos depois:

"Consegui o número e acabei de ligar, uma empregada meio surda disse que Clarice não está. Você ainda quer o número?", perguntou Rita.

"Deixa pra lá. Ela deve estar na escola."

Chegando em casa acometeu-me um cansaço profundo. Estaria eu delirando com bobagens? Um pouco de música não me faria mal. Robert Jonhson foi me reanimando aos poucos:

Oh, baby don't you wanna go
oh, baby don't you wanna go
back to the land of California
to my sweet home Chicago

Preparava-me para deitar, quando vi, na secretária eletrônica, o sinal luminoso de mensagem gravada.

A voz de Iório:

"Desculpa ligar tão cedo, mas acaba de chegar uma notícia de Anápolis que talvez lhe interesse. Saiu o resultado da perícia de Brasília, um dos fios de cabelo que estavam no quarto do Jânio era de peruca. Uma peruca loura. Qualquer coisa me liga. Um beijo."

Imediatamente telefonei ao colégio Barão do Rio Negro.

"Preciso falar urgente com Clarice Muniz, do segundo colegial. Caso de vida ou morte."

A atendente, assustada, pediu-me que esperasse um minutinho. Esperei mais que isso.

"Senhor, a Clarice não veio à escola hoje."

O cansaço dera lugar à aflição.

"Então chama o Augusto Rossi, por favor."

"É vida ou morte também?", ela perguntou.

"Talvez só morte", eu disse, e estava sendo sincero.

O tempo de espera foi infinitamente longo. Quase insuportável.

"Alô?", perguntou uma voz masculina.

Senti um frio na espinha.

"Augusto Rossi?"

"Sim."

Era o que eu não queria ouvir.

"Você não combinou um encontro com Olga Lins?"

"Quem?", ele perguntou.

"Olga Lins, Gala, a repórter do jornal."

"Ah. Ela me ligou ontem. Mas eu não liguei de volta."

"Tem certeza?", perguntei.

"Claro que eu tenho certeza. Quem está falando, porra?"

Desliguei. Liguei em seguida para Rita. Ela respondeu com um muxoxo. Minhas mãos tremiam.

"O que foi exatamente que a Gala falou?", perguntei.

"Você está legal? Sua voz está estranha."

"A Gala. O que ela disse?"

"Disse que ia se encontrar com o Augusto Rossi."

"Onde?"

"No sítio onde ele está."

"Ela deixou o endereço do sítio?"

"Estrada da represa de Cotia, número 1038. É em Cotia. Está tudo bem?"

Desliguei sem dar explicações, guardei a Beretta no ninho, peguei um guia da Grande São Paulo e fui de táxi até o prédio de Dora. Lá, tomei emprestado seu Voyage verde-metálico, que eu tinha permissão para usar em casos de extrema necessidade. Antes de sair da garagem, consultei o relógio: 11h36.

Cheguei à estrada da represa, nas imediações de Cotia, pouco antes de meio-dia e meia. Havia muitas propriedades margeando a estrada, alguns haras, todos afastados da estrada e distantes entre si. Além dos haras, algumas chácaras de fim de semana.

A que eu procurava ficava no fim de uma longa alameda, atrás de uma cerca alta de madeira branca. Estacionei o carro do lado de fora do grande portão de entrada, também branco. O número 1038 era formado por várias ferraduras pregadas no portão. Forcei-o, mas havia uma corrente com cadeado impedindo a entrada. Pulei pra dentro. Vi um Gol branco da reportagem do *Jornal do Itaim* estacionado. Não vi ninguém, mas a porta oposta à do motorista estava aberta. O rádio tocava um desses insuportáveis ritmos dance. Aproximei-me do carro e contornei-o. Havia um homem baleado no chão, ao lado da porta aberta, sobre uma poça de sangue. Quarenta e poucos anos, bigode preto, provavelmente o motorista da redação que trouxera Gala até ali. Morto com dois tiros no peito. Os olhos estavam abertos, vidrados.

Caminhei em direção à casa pela margem da alameda, por trás das árvores, dificultando minha identificação por alguém que a observasse de alguma das janelas. Não havia sinal de vida humana, nem canina. Só passarinhos cantando e ruídos distantes, indefinidos. Não sei se era a dance music ou o meu coração, mas alguma coisa martelava surdamente dentro de mim. A porta da casa não estava trancada. Abri-a e entrei: ninguém.

Uma sala de mais ou menos dezesseis metros quadrados, com móveis rústicos e piso de lajotas. Tapetes, quadros, lareira, televisão e aparelhos de som e vídeo. Sobre uma mesinha, a foto de uma família. Eu não conhecia aquelas pessoas. Na cozinha: geladeira, freezer, fogão a lenha, fogão a gás, forno de micro-ondas e lava-louças. Nenhum sinal de uso nas últimas horas. Ninguém nos quartos, nem nos banheiros, mas na parede do corredor, uma foto esclarecedora: um grupo de alunos do colégio Barão do Rio Negro em torno de uma mulher na casa dos trinta. Reconheci-a da foto da família na sala. Sobre a foto, uma dedicatória: "Para a nossa querida orientadora Laura, dos amigos do terceiro A". Saí para os fundos. A piscina estava vazia, com águas verdes e plácidas. Ouvi um ruído próximo, vindo de uma edícula atrás da piscina. Peguei a Beretta e corri até lá.

21.

Uma porta de madeira maciça, entreaberta. Empurrei-a de leve, senti o perfume de essência de eucalipto. Uma sauna. Televisão, frigobar e cadeiras de descanso. Uma bicicleta ergométrica. Algumas duchas. Abri a porta metálica da sauna e um bafo quente me envolveu. Havia muito vapor e eu não conseguia enxergar nada. Movi a porta para a frente e para trás, fazendo com que o vento deslocasse a fumaça lá de dentro. Consegui ver um corpo. Gala estava nua e ensanguentada, desfalecida no chão úmido.

"Você veio, é?", perguntou uma voz feminina atrás de mim. Havia um cano de revólver encostado às minhas costas. Larguei a Beretta, sem soltar a porta da sauna. Não precisei virar o rosto para saber que Clarice Muniz segurava o revólver que me ameaçava.

"Clarice", eu disse, de costas pra ela.

"Vire-se."

Virei-me, ainda mantendo a porta da sauna aberta. Clarice usava uma peruca loura.

"Como você descobriu?", ela perguntou.

"Segredo profissional."

Ela sorriu.

"Solta a porta", disse.

"Não é direito. Não podemos deixar a Gala aí dentro. Ela está sangrando."

"Claro que está sangrando. Eu dei um tiro nela. Ela morreu, solta a porta."

"Ela pode estar viva ainda."

"E daí? Você vai morrer também. Larga."

Seus olhos adquiriram uma expressão furiosa, que me fez soltar a porta.

"Escuta", eu disse, "isso é uma loucura. Todo mundo sabe que eu estou aqui. A polícia deve estar vindo pra cá."

"Não interessa", ela disse, "você vai morrer. Anda."

Clarice e eu estávamos frente a frente, na sala de descanso da sauna. A porta que dava para a piscina estava às suas costas.

"Pra onde?"

"Pra fora. Você vai morrer na piscina."

Movimentamo-nos em semicírculo, invertendo nossas posições.

"A Gala na sauna, você na piscina. Romântico, né? Anda."

Louca. Louca furiosa. E armada. A peruca dava um tom grotesco à figura transtornada de Clarice. Caminhei de costas até a beira da piscina, com o Taurus apontado para o meu peito.

"Clarice, pense bem, isso é uma loucura. Só vai piorar sua situação. Vamos conversar, eu posso te ajudar."

"Você tá cagado. Cagado de medo."

Ela riu, e seus olhos estavam saltando das órbitas. Parecia prestes a apertar o gatilho. Se eu não ganhasse tempo, minha vida ia acabar ali mesmo. Tentar ganhar tempo, numa situação dessas, é uma operação complexa e arriscada. Não pude desenvolver minha arte:

"Tira a roupa."

"Você está brincando", eu disse.

"Tira. E entra na água."

Foi o que fiz. Mas bem devagar, pra ver se ela mudava de ideia.

Não mudou.

Antes de cair na piscina, vislumbrei meu pau. Ele nunca esteve tão encolhido. Nu, com água até o pescoço, olhei para Clarice, que me apontava a arma do lado de fora da piscina.

"Você vai morrer", ela disse.

"Eu sei, mas tenho um último desejo."

"Sexo?", ela perguntou.

"Não. Quer dizer, se você jogar esse revólver pra longe, a gente pode até conversar."

"Se ficar com gracinha eu disparo agora."

"Eu falo sério. Me conta como você fez. Como matou a Sílvia e o Jânio. E por quê."

Funcionou. Todo psicopata homicida é exibicionista.

"Eu não queria matar a Sílvia. Eu queria matar o Mariano, aquele filho da puta. Eu e o Mariano, a gente transava, e era muito bom. Ninguém dava pra ele tão gostoso quanto eu. Tenho certeza. Nós fazíamos de tudo; ele gostava de me comer com o *Kama-sutra* ao lado, repetindo as posições das gravuras. Você conhece o *Kama-sutra*?"

"Superficialmente."

"Mariano diz que o *Kama-sutra* é a bíblia dele. Ele adorava que eu fizesse o auparishtaka."

"Você vai ter de me explicar."

"O auparishtaka é o congresso oral. A chupada. São oito etapas progressivas. Começa com o congresso nominal, depois vem a mordida dos lados, a pressão exterior, a pressão interior, os beijos, a esfrega, o chupar da manga e termina com a deglutição."

Pode parecer loucura, mas aquela conversa estava me excitando. Pau é assim, quando você precisa ele não fica duro. E vice-versa. Clarice prosseguiu, sem perceber minha ereção inoportuna:

"O Mariano, ele segurava o gozo e ficava horas trepando. Tinha técnica, entende?"

Concordei com um movimento da cabeça. Os olhos de Clarice miraram o horizonte:

"Meu senhor branco-jasmim...", ela disse, e sorriu.

Eu demorei a entender, concordo, mas minha situação não era muito favorável a deduções e soluções de enigmas:

"Você escreveu o poema das oitenta e quatro mil bocetas e assinou K. S. numa referência ao *Kama-sutra*, como um código secreto entre você e Mariano."

"Não me superestime, detetive. Eu escrevi a carta, sim, mas o poema não é meu. Se eu fosse uma poetisa tão genial quanto Madeviaca, Mariano nunca se desinteressaria de mim."

"Madeviaca?"

"Uma poetisa hindu antiquíssima. Esse poema tem três mil anos. É lindo, né? O Mariano que me mostrou."

"Ele era uma espécie de professor particular completo", eu disse.

"Mais que isso. Mariano me incentivava, me estimulava, me botava fogo. Ele dizia que ninguém repetia tão bem quanto eu as posições do *Kama-sutra*; dizia também que estava apaixonado por mim. Mas daí apareceu a Sílvia."

Clarice calou-se e respirou fundo. Prosseguiu:

"Eu não fiquei com ódio dela, entende? Mas fiquei chateada. Muito chateada. Ódio mesmo eu senti do Mariano. É ele que engana as meninas, diz que está apaixonado por todas elas. Então resolvi matar o Mariano".

"Assim, sem mais nem menos?"

"É. Fiquei sabendo que o Jânio fazia uns comerciozinhos extras e comprei uma arma dele."

"Você já sabia atirar?"

"Não, mas se qualquer débil mental consegue atirar, por que eu não conseguiria? Ofereci um pouco mais de grana pro Jânio não aparecer na escola na sexta-feira, dia em que a última aula é a do Mariano. Ele perguntou 'por quê?', mas eu disse 'não interessa. Quer a grana ou não?'. Ele aceitou, disse que estava mesmo pensando em dar o fora. Depois forjei uma contusão no treino, foi fácil, e fingi que estava machucada e não podia ir à aula. Por fim, comprei uma peruca."

"Por que uma peruca loura?", perguntei.

"Porque eu fico mais bonita. Você não acha? Naquela manhã entrei na escola no final do período, me misturando a um grupo de alunos do terceiro colegial, que estava ali, na frente do portão. Eu estava de uniforme, com a peruca cobrindo minha testa, entrei olhando pro chão, na minha, ninguém notou nada de estranho. Fui até o banheiro e esperei. Meu plano era sair do banheiro quando tocasse o sinal e, na confusão, acertar um tiro no Mariano. Eu queria que a Sílvia visse ele estrebuchando ali no corredor. Não só ela. Eu queria que todas as vacas que ele comia o vissem morrendo como um sapo."

"Um sapo?", perguntei.

"É. Sapos viram príncipes, né?"

"Qual a vantagem da vingança, se ele não ia saber quem o estava matando?"

"Eu ia gritar 'ei, *Kama-sutra*!', e ele saberia que era eu."

"E depois o que você ia fazer?"

"Sair correndo no meio do tumulto, me embrenhando no corre-corre, gritando histérica como todas as putinhas daquele colégio."

"Estou achando você uma amadora, Clarice."

"Tá, né? Estou vendo. Faltando poucos minutos pra dar o sinal, a Sílvia entrou no banheiro. Foi aí que ela assinou o seu óbito. Eu não ia matá-la, mas ela se ofereceu a mim! Ela veio ao encontro da morte."

"Como assim?", perguntei, "ela pediu pra você a matar?"

"Claro que não, idiota. Eu estava escondida num daqueles cubículos onde ficam as privadas e vi pela fresta da porta quando ela entrou no cubículo ao lado. Saí dali, meti o pé na porta e dei de cara com a Sílvia fazendo xixi. Não sei o que me deu, eu disse 'traidora!', e atirei. O sinal tocou bem na hora do tiro. Saí do banheiro quando todo mundo já estava no corredor, indo pras escadas."

Eu tremia. A água estava gelada, mas era de pavor.

"E o Mariano, você desistiu de matá-lo?"

"Ele vai ter a oportunidade dele. Calma."

"Clarice, você não tem como escapar."

"Quem é você pra me dizer o que devo fazer?"

Sem resposta.

"Quem é você pra saber se vou ou não escapar?"

Idem.

"E quem é você pra saber se quero escapar?"

Ainda o silêncio.

"Você conhece a minha vida, sabe quem eu sou?"

Agora eu tinha uma resposta:

"Não."

Em geral não aprecio muito os testemunhos de vida, mas naquele momento desejei que Clarice me contasse tudo, incluindo descrições completas e detalhadas de cada dia de sua angustiada existência. Mas ela tinha o terrível dom da concisão, que Dashiell Hammett tanto perseguiu e que acabou por conduzi-lo à total imobilidade:

"Sou uma abandonada, Bellini. As pessoas sempre me abandonam."

A maldita psicanálise sempre explicando tudo. Que tédio.

"A gente pode dar um jeito nisso, Clá. Posso te chamar de Clá?"

"Cala a boca. Você não quer saber como eu matei o Jânio?"

Psicologia de adolescentes desajustados não é o meu forte, definitivamente.

"Quando o Jânio soube do crime, começou a me telefonar, me chantageando. Queria mais dinheiro pra manter a boca fechada. Odeio chantagem. Odeio chantagistas."

"Não são piores que assassinos", comentei.

"São sim, porque são covardes. Têm medo. Mas eu controlei meu ódio e disse pro Jânio: 'Tá bom, quanto você quer?'. Ele queria uma fortuna. Eu falei 'o.k., eu levo pra você. Espere por uma loura amanhã de madrugada'. 'Uma loura?', ele perguntou. 'É', eu disse, e desliguei. Falei pra empregada que ia dormir na casa de uma amiga e peguei um voo noturno para Goiânia.

"Você tem de dar satisfações da sua vida à empregada?", perguntei. "E depois ainda diz que é abandonada..."

"Meus pais estão sempre viajando, desde que nasci. Eu praticamente vivo com a Lúcia, minha empregada. Ela já está velha, meio surda, mas é a única pessoa que eu tenho no mundo."

"Qual o problema dos seus pais?"

"Nenhum. Pelo contrário, falta total de problemas. Eles se casaram muito jovens, são ricos, e acho que me tiveram por acaso, sabe? Eles gostam de se divertir, viajar, gastar fortunas em cassinos... eles... eles..." Ela focalizou seus olhos histéricos em mim, como se estivesse acordando de uma péssima noite de sono: "Você quer saber como foi o crime ou está interessado na minha vida particular?".

"Um pouco de cada. O importante é que você não pare de falar."

"Cheguei na casa do Jânio de madrugada. Quando entrei no quarto, ele estava bêbado e cheirado, me esperando. 'Ah, então a loura é você.' Eu disse 'sou'. Ele falou 'além da grana, eu quero que você chupe o meu pau', e foi abaixando a calça. Dei dois tiros nele."

"Ele não foi muito gentil", concordei.

"Eu não chuparia o pau dele de jeito nenhum."

"Acredito. Não seria nenhum aupari... como é mesmo?"

"Engraçadinho. Auparishtaka."

"Então foi assim que o Jânio morreu. Você conseguiu que a polícia não desconfiasse", afirmei.

"Tomei minhas precauções. A peruca, a perna machucada, dei nome falso no aeroporto, tinha alugado um carro em Goiânia pelo telefone, com o número do cartão de crédito do meu pai... Eu não sou trouxa, cara."

"Eu sei. Você atraiu a Gala até aqui, a casa de campo da família da Laura, dizendo que era o Augusto que queria falar com ela, e isso depois de ter levantado essa suspeita absurda contra o rapaz, só porque é louro. Você pensa que pode enganar a polícia com esses truquezinhos?"

"Claro. Pena que você não vai viver pra comprovar", ela deu um sorrisinho macabro e continuou: "Eu percebi que você e a Gala estavam chegando perto. K. S., 'Quem é K. S.?'. Como vocês são idiotas! E burros. E depois aquela história de me ligar perguntando quem era o menino de argolinhas nas orelhas. 'Clarice, quem ganhou o jogo de xadrez?'."

"Você conseguiu descobrir?", perguntei.

"Não sabia que você tinha talento para humorista, Bellini. Muito engraçado mesmo. Estou morrendo de rir com seu senso de humor."

"Isso não é senso de humor", eu disse. "É desespero."

"Não precisa ficar assim, você é um bom detetive. Descobriu a 'loura', graças a um mendigo que eu nem sabia que existia. Parabéns. Esse cara devia estar bebendo e cheirando com o Jânio antes de eu chegar. Meu único vacilo foi não o ter matado também."

"A polícia de Anápolis descobriu um fio de peruca no quarto do Jânio. Você vai dançar, Clarice. É questão de tempo."

"Se a polícia de Anápolis encontrou algum fio de cabelo no quarto do Jânio, deve ser um pentelho da vaca caipira."

"Não fala assim da Gala."

"A Gala, a Gala. Uma caipirazinha ridícula, é o que ela é. Ou era, né? Eu liguei pra Gala dizendo que era uma prima do Augusto e que ele tinha me incumbido de passar um recado pra ela. Inventei que ele queria encontrá-la, mas estava escondido num sítio sem telefone. Só mesmo uma jornalistazinha otária e ambiciosa pra cair nessa. E caipira. Achou que ia fazer uma grande reportagem."

"Alguém vai fazer", eu disse, "não adianta matar a Gala, o motorista do jornal, me matar, você não vai escapar da prisão e do escândalo."

Aquilo irritou-a profundamente. Ela corrigiu a mira e aproximou-se da borda da piscina. Fechei os olhos.

"Uma última coisa, seu filho da puta: como você descobriu?"

"Por causa da tatuagem na sua virilha", respondi, abrindo os olhos.

Ela ficou momentaneamente desconcertada:

"O que tem a tatuagem?"

"Eu não sabia que você tinha um pacto com o demônio", eu disse.

"Que demônio? Você está louco?", senti que sua fúria aumentava.

"Quem está louco aqui não sou eu. Acho que não há dúvidas quanto a isso."

Talvez fosse melhor eu calar a boca, mas as palavras brotavam num impulso incontrolável.

"Essa meia-lua tatuada em sua virilha", prossegui, "é um sinal de que você deve ter participado de algum ritual satânico."

"Que bobagem. Fiz essa tatuagem em Ubatuba, nas férias. Você acredita em demônio?"

"No momento eu acredito que você é o demônio. Por que a gente não faz um pacto?"

"Se me chamar de Clá, morre na hora. Como você descobriu a tatuagem? Visão de raio X?"

"Por que você não abaixa essa arma e eu conto tudo, hein? Eu te ajudo a fugir."

"Otário. Se eu fosse o demônio, você acha que perderia meu tempo com um sujeitinho 'peba' como você?"

"Agora você me ofendeu. Peba é o caralho. Eu descobri essa tatuagem de gosto duvidoso numa foto em que você está jogando vôlei."

"Ah", ela disse.

"Por que você não vai se tratar com um psicólogo em vez de matar pessoas só pra chamar a atenção do papai e da mamãe, hein? Sua burguesinha mimada e ridícula."

Acho que ela não gostou do conselho, mas eu ainda tinha o que dizer:

"É nisso que dá passar a infância assistindo ao programa da Xuxa."

"Morre, seu merda!", ela disse, engatilhando o Taurus.

Ouvi um estampido. Tentei manter os olhos fechados, mas não consegui. Ao abri-los não vi o inferno nem o paraíso. Vi Clarice desabando em minha direção. Seus olhos estavam esbugalhados e seu rosto tinha uma expressão de surpresa. Ela caiu na piscina com estrondo. A peruca se desprendeu da cabeça e ficou boiando ao lado do corpo. Havia um buraco no meio de suas costas.

Alguém se aproximou carregando uma arma.

"Frango, essa foi por pouco."

Dora Lobo estava de volta e sua mira continuava impecável.

22.

"Você quer que eu comece do romance secreto do Hammett ou do meu próprio romance secreto?", perguntou Dora.

"Quer dizer que você e o Irwin... era verdade?"

"Calma lá, Bellini. Você desvendou um crime usando uma lupa, tudo bem, mas ainda não é um Sherlock Holmes."

"Ou uma Dora Lobo."

"Muito menos uma Dora Lobo. Homens não passam de homens, frango, entenda isso."

"Quanta profundidade. Andou estudando filosofia, Dora? Que tal esclarecer tantos mistérios pendentes?"

"Escolhe, já disse."

"Por que não uma narrativa cronológica? Comece do dia em que a deixei no Rio", afirmei.

Uma enfermeira dirigiu-nos um olhar severo. Estávamos numa UTI.

Gala recebera um tiro no abdome e a bala alojara-se no intestino. Perdera muito sangue e também um pedaço do intestino. Mas além de uma cicatriz sob o umbigo não teria muito com que se preocupar. Ela ainda estava sob efeito de sedativos, desacordada na UTI do hospital Sírio-Libanês, mas eu já havia preparado algumas palavras de consolo, para quando acordasse: ela tinha em mãos a reportagem do ano e deixava de ser uma reles foca para tornar-se uma celebridade. Henricão, o avô de quem tanto se orgulhava, concordou comigo. Ao chegar desesperado ao hospital, aliviou-se com a notícia de que ela não corria risco de morte e disse: "A Gala é um amuleto". Bebemos umas cervejas num boteco nas proximidades do hospital e entendi o fascínio que Henricão exercia sobre a neta: ele era uma espécie de Ernest Hemingway caipira (Trajano Tendler diria que o próprio Ernest Hemingway era caipira, mas eu estava com o saco bastante cheio de literatura para me aprofundar na questão).

Depois de tantas cervejas, Henricão roncava num sofá da sala contígua à UTI. Não sei se eram os seus roncos, ou minha conversa com Dora, o que estava incomodando a enfermeira.

"Vamos pra lanchonete?", sugeriu Dora.

Aceitei prontamente. Aquele suspense estava me matando.

Ao contrário dos finados Clarice Muniz e Dashiell Hammett, Dora Lobo não tinha o dom da concisão. Foram necessárias algumas horas de narrativa ininterrupta para que eu compreendesse tudo.

Logo após minha vinda para São Paulo, Dora e Irwin foram convidados por Zapotek a visitar Teresópolis enquanto ele tentava localizar o manuscrito de Hammett. Aceitaram o convite e puderam conversar por horas sobre casos intricados, técnicas de detecção e psicanálise, enquanto contemplavam do mirante do Soberbo as paisagens deslumbrantes da serra do Mar. Quando Irwin se retirava para seus mergulhos diários no computador, Zapotek e Dora encontravam mais que afinidades. Numa dessas ocasiões, Dora ajudava-o em sua busca ao manuscrito perdido, e acabaram descobrindo um baú de porte médio entre objetos esquecidos numa das águas-furtadas da Taverna Eslava. O baú estava trancado com um cadeado, cuja chave estava desaparecida. Zapotek olhou-o demoradamente. E então disse:

"Encontrei."

"Você tem certeza?", perguntou Dora.

"Claro que tenho. Olha aqui."

As letras S. D. H., iniciais de Samuel Dashiell Hammett, estavam gravadas em madrepérola no tampo do baú.

"Mandei incrustar as iniciais do autor. Como eu era idiota", disse.

Imediatamente levaram o precioso objeto até a casa de Zapotek, e lá, para frustração de ambos, foram alertados por Irwin de que só deveriam abri-lo quando Brown chegasse, já que este havia deixado claro que não se tocasse em nada sem a presença de um especialista.

No tempo que restava, os três caminharam pelos bosques do Parque Nacional da Serra dos Órgãos e mataram a ansiedade da espera conversando sobre casos intricados, coleções e fauna e flora locais.

"Mais falávamos do que caminhávamos", disse ela, "até porque caminhar não é algo que Américo possa fazer com muita facilidade. Apesar disso, levando-se em conta que quase não tem movimentos na perna, é um homem muito ágil."

"Não tenho a menor dúvida", concordei, lembrando-me da maneira como me derrubara com a bengala.

"Ele conhece o nome de cada planta naquela serra. Sabe dizer se vai chover ou não só de olhar a posição das nuvens no céu."

"Ele conversa com os passarinhos também, como são Francisco?", perguntei, mas Dora não respondeu. Preferiu continuar contando a história a ceder às minhas provocações.

Certa manhã, Irwin resolveu ficar em casa, digitando o assistente eletrônico. Zapotek, então, convidou Dora a um passeio por um orquidário. Durante o passeio relembraram os bons tempos, quando eram jovens e tudo irradiava mais frescor. De repente, deu-se o inesperado: abraçaram-se e beijaram-se, e foi como se a juventude que acabavam de evocar voltasse com toda a intensidade pelos segundos que durou aquele beijo.

"Você está me dizendo que vocês se apaixonaram?", perguntei.

"Perdidamente."

"Você e Zapotek. Eu sabia, Dora. O seu comportamento estava anormal."

"Você não poderia saber, isso aconteceu depois de começarem suas suspeitas."

"Eu tive uma premonição, então."

"Os dias que ali passamos foram mágicos. No entanto, só percebi o quanto estava realmente apaixonada quando ele me deu um presente, após jantarmos e bebermos muita vodca caseira num restaurante ucraniano. Você não pode imaginar como a paixão romântica na terceira idade pode ser boa. É tudo desfrutado com tanta... urgência."

"Ainda mais quando se conta com a ajuda de vodca caseira. Seria muita indiscrição da minha parte perguntar que presente foi esse que você recebeu após o jantar?"

"Você adora detalhes, frango. Eu gosto disso. O presente era o *Minhas vidas*, da Shirley MacLaine."

"O livro ou o vídeo?"

"O livro, claro."

"Inacreditável. O sujeito é dono de centenas de objetos valiosos e na hora de dar um presente aparece com esse lixo?"

"Não seja implicante. A beleza do presente estava no que ele significava. Vidas diferentes, possibilidades infinitas, amores inesperados..."

Depois de alguns dias o idílio foi interrompido pela chegada de Lucas Brown, o editor. Dora e Irwin foram ao Rio recepcioná-lo, enquanto Zapotek os aguardava em casa, ao lado do baú. Depois das apresentações e um brinde com champanhe no Copacabana Palace, Dora, Irwin, Brown e um norte-americano especialista em restauração de documentos se encaminharam a Teresópolis. O momento era de muita emoção.

"Meu coração batia descompassado. Eu me lembrava de meu pai e tudo aquilo parecia um sonho, uma aventura num outro plano de realidade."

"Dora Lobo em fase mística."

"Não, claro que não."

"Outro plano de realidade, livro de Shirley MacLaine..."

"Esquece o livro. Pense no que ele significa. Um presente de um homem por quem eu estava apaixonada... vocês não entendem nada, não é mesmo?"

"Vocês quem?"

"Os homens."

Além de mística, ela estava feminista como nunca.

"Chegamos à casa de Américo. Ele abriu a porta impaciente e ansioso. Nós o seguimos em silêncio por entre os caixotes, objetos e obras de arte. De repente ele parou em frente ao velho baú, que estava num dos quartos da casa, aquele que tem avestruzes empalhadas. Todos paramos e prendemos a respiração. Só então notei que ele carregava um pé de cabra junto com a bengala. Bellini, eu estava tão nervosa que nem havia reparado que o homem carregava um pé de cabra! Ele conseguiu abrir o baú com algum esforço. Aproximamo-nos todos para ver o que havia lá dentro: um outro baú, menor. Sabe aquele brinquedinho russo que tem uma mulher dentro de uma outra mulher e assim por diante?"

Fiz que sim.

"Pois foi nisso que pensei naquele momento. Américo retirou o bauzinho do outro baú e pegou um canivete no bolso do paletó. Sentou-se sobre um caixote, entregou-me a bengala, pôs o bauzinho no colo e começou a trabalhar com o canivete na pequena fechadura. Mas não sei se por excesso de nervosismo, ou falta de prática, não conseguiu abri-lo. Candidatei-me ao trabalho. Lucas Brown e o especialista me olharam com desconfiança, mas Américo não teve dúvidas e me passou o abacaxi. Quando me ofereceu o canivete, eu disse: 'Não preciso, obrigada', e tirei um grampo do cabelo. Um grampo! Abri o bauzinho em menos de dez segundos. Sabe o que havia ali?"

Ela sabia que eu não sabia, mas fez questão de esperar por minha resposta:

"Não."

"Traças! Centenas de traças e alguns vestígios de papel velho picado. O manuscrito original de Hammett havia sido devorado pelas traças."

"O que fez vocês acreditarem que eram mesmo restos de um manuscrito original de Hammett?"

"Logo que nos recobramos do choque daquela visão, Lucas Brown e o especialista se precipitaram para o bauzinho, enfiando mãos e narizes pelos restos de papel, como dois porcos famintos. O sujeito, que usava luvas brancas, como um médico, retirou de sua pastinha uma espécie de microscópio e alguns tubinhos de vidro com preparados químicos. Depois de examinar demoradamente os pedacinhos de papel, o sujeito chamou Brown ao microscópio. Brown ficou olhando para aquilo, sua boca foi se abrindo e ele finalmente pronunciou..."

"*Tulipa*", eu disse.

"*Tulipa*?"

"O romance póstumo de Hammett."

"Nada de *Tulipa*. Que história é essa? Ele pronunciou um 'oh!'. Estava dado o veredicto, aqueles eram os restos mortais de um manuscrito inédito de Hammett, agora perdido para sempre, cujo título, datilografado, foi reconstituído pelo especialista: 'The devil in a fountain, by Samuel Dashiell Hammett'. Foi a única parte do livro que ele conseguiu restaurar. O resto, àquela altura, já era cocô de traça." Dora interrompeu-se por um momento, intrigada: "Traça faz cocô?".

"Eis uma pergunta", respondi.

"Bom", ela prosseguiu, "a sensação de todos nós, ali, foi de imensa frustração. De qualquer maneira, Brown pagou um bom dinheiro ao Américo e se apoderou dos restos mortais daquela..."

"Relíquia macabra."

"Pare de me interromper! Nada de relíquia macabra, cocô de traça, isso sim", concluiu ela.

Após despedirem-se de Brown e Irwin no aeroporto internacional do Rio, Dora e Zapotek, num rompante apaixonado, resolveram prosseguir em lua de mel para Buenos Aires. Ali mesmo compraram passagens e pegaram um avião para a capital argentina. Lá, entre tangos, batatas fritas, bifes sangrentos e vinhos saborosos, Dora diz ter sentido o que chamou de "tédio progressivo e irreversível da relação a dois".

"Mas foi muito pouco tempo", argumentei.

"Foi o suficiente. Estou convencida de que homens são chatos e inseguros, mas, pior que eles, a entidade que se cria entre homem e mulher. Um tédio sem fim! O que mais me atraiu no Américo foi justamente o que mais o atraiu em mim: a independência. Nós somos dois solitários e nada vai mudar isso. Desistimos do namoro e resolvemos voltar cada um para sua vida. A propósito, Américo ficou bastante abalado com todos os acontecimentos dos últimos dias. A intensa expectativa que antecedeu a abertura do baú e a frustração que a sucedeu parecem ter funcionado como um despertador para ele. Só não sei se está acordando de um pesadelo ou de um sonho maravilhoso. Cabe a ele descobrir. Talvez assim abandone aquela vida maluca que leva, na verdade uma vida covarde, escondido como um animal acuado. Não é à toa que guarda avestruzes empalhadas dentro de casa. Sugeri que se entregasse à polícia e assumisse todas as responsabilidades sobre seus atos passados. Mas ele ainda não se decidiu. Além disso, existe a filha. Américo sabe que não terá muito tempo para desatar todos os nós que foi atando pelo caminho."

"Que nada. O Américo é um menino."

"Um menino de setenta e oito anos. Você não acha que anda muito engraçadinho ultimamente?"

Abstive-me de responder. Ela prosseguiu:

"Eu estava com saudades suas e da Rita e quis fazer uma surpresa, chegando sem avisar. Quando entrei no escritório, Rita estava preocupada. Maus pressentimentos. Ela me abraçou, nervosa, e disse que você tinha ido a um sítio em Cotia. Não tive dúvidas, peguei um táxi e fui até lá."

"Você continua atirando muito bem", eu disse.

"Pra dizer a verdade, eu pretendia atingir a perna da menina, não as costas. Mas quando percebi que ela estava prestes a disparar contra você, nu e indefeso naquela piscina, não me preocupei em esmerar a pontaria. Prendi a respiração e atirei, simplesmente." Dora sorriu, e seu sorriso era um pouco amargo. "Matar uma menina não deixa uma sensação muito boa dentro da gente."

Ela passou a mão em minha cabeça e olhou-me nos olhos:

"Mas eu já tinha perdido o manuscrito do Hammett. Se perdesse você, frango, a coisa ia ficar esquisita."

Tudo bem que ela achasse um tédio, mas o amor havia feito bem a Dora. Eu diria até que a transformara. Mas ela nunca admitiria.

Voltamos à sala de espera da UTI.

Além de Henricão, que ainda dormia, e de gente da imprensa, encontramos Zanquetta, Messias e Iório. Zanquetta fez algumas perguntas e não conseguiu esconder o descontentamento. Era difícil para um tira experiente como ele ser suplantado por uma dupla de detetives particulares tão improvável quanto a que Dora e eu formávamos. E isso sem contar a ajuda inestimável da jovem jornalista ferida, que já estava sendo chamada de heroína nos telejornais noturnos.

Combinamos um depoimento no dia seguinte pela manhã na Homicídios. Iório afirmou que a legítima defesa, naquele caso, era inquestionável. Decidi ligar mais tarde para Túlio Bellini, só por garantia.

Zanquetta e Messias despediram-se. Iório ofereceu uma carona a Dora, que estava bastante cansada e um pouco deprimida. Resolvi ficar até Henricão despertar.

Dei algumas declarações a jornalistas e imaginei que minha mãe se orgulharia de me ver na televisão.

Algum tempo depois chegou um casal trazendo flores para Gala.

"Obrigado", disse-me o homem, e só.

Eram os pais de Sílvia Maldini.

A salinha já estava vazia e silenciosa quando Henricão acordou. Disse que fazia questão de passar a noite ali e nos despedimos com um abraço.

Fui a pé para casa.

Quando cheguei à esquina da avenida Paulista com a Peixoto Gomide, reparei que aquela era uma boa encruzilhada para se encontrar um demônio. Mas eu não estava mais preocupado com demônios. Olhei para cima, o céu sem estrelas, fechei os olhos e vi Dashiell Hammett bebericando a uma das mesinhas no Luar de Agosto.

"Às traças!", ele disse, e sorriu, estendendo-me o copo num brinde.

Abri os olhos. Não havia ninguém ali.

Créditos das obras citadas

COUSTÉ, Alberto. *Biografia do diabo: o diabo como a sombra de Deus na história*. Rio de Janeiro; Rosa dos Tempos, 1996.

PIGNATARI, Décio. *31 poetas, 214 poemas: do Rig-Veda e Safo a Apollinaire (uma antologia pessoal de poemas traduzidos, com notas e comentários)*. São Paulo; Companhia das Letras, 1996.

GOETHE, J. W. von. *Fausto*. Tradução: Jenny Klabin Segall. Belo Horizonte/Rio de Janeiro; Vila Rica, 1991.

1ª EDIÇÃO [1997] 2 REIMPRESSÕES
2ª EDIÇÃO [2002] 3 REIMPRESSÕES
3ª EDIÇÃO [2017]

ESTA OBRA FOI COMPOSTA POR TECO
DE SOUZA EM GUARDIAN E IMPRESSA
EM OFSETE PELA GEOGRÁFICA SOBRE
PAPEL PAPERFECT DA SUZANO PAPEL
E CELULOSE PARA A EDITORA SCHWARCZ
EM MARÇO DE 2017

A marca FSC® é a garantia de que a madeira utilizada na fabricação do papel deste livro provém de florestas que foram gerenciadas de maneira ambientalmente correta, socialmente justa e economicamente viável, além de outras fontes de origem controlada.